麻辣白玉堂系列

⑥

血弥途

谈歌 著

耳菜 点评

作家出版社

**目
录**

引子

谈歌

青龙会向大宋朝廷投降的这天，节令正值立秋。

云淡风轻，天气晴朗。

强势干燥的炎热暑气悄然软化了。

受降地点：开封府。

受降方代表：开封府尹包拯。

投降方代表：青龙会新帮主区少安。

青龙会十几个首领在开封府门前飞身下马的时候，明晃晃的太阳已东山再起。

两个膀大腰圆的衙役健步走出来，手中各自握着一对超大鼓槌，在衙门口的升堂鼓前威武站定，但见二人双膀晃动，鼓槌上下翻飞，张扬有力的鼓声登时冲天而起。

阵阵鼓声之中，几十名身材魁梧的衙役，手执水火棍鱼贯而出，雄赳赳列队两边。随后，王朝、马汉、张龙、赵虎阔步走出开封府大门，分列两旁。再之后，开封府尹包拯满面春风，稳步迎了出来，他身后紧跟着公孙策、徐庆、蒋平。

> 耳菜评点：这就是高大上！读者或许疑惑，咦，人数怎么不对
> 了？展昭呢？他一向不离包拯左右呀？还有卢方呢？这两位可都
> 是包大人的跟屁虫呀，哪儿去了？列位读者且淡定，这二人有事
> 去了，急事儿！但绝对不是吃坏了肚子跑厕所。耳菜剧透：后边
> 再说。

青龙会新当家区少安急忙上前两步，扑通跪倒。他身后十几
个首领也随后向包拯伏首跪拜。

包拯手捻胡须微微一笑，点了点头。公孙策随即捧过圣旨，
包拯接过，宣读了皇上赦免青龙会的圣谕。

之后，区少安跪接了圣旨，包拯便上前将区少安等人依次
扶起。

> 诸位，既然都不是外人了，那就别客套了。

包拯呵呵笑道："诸位英雄，天纵神勇，却多年明珠暗投，令
人想来惋惜。今日回头是岸，国家之幸事，诸位之幸事，开封府
之幸事呀！包某已宣读了圣旨，想必诸位一定入耳入心。包某真
心期望，诸位从此洗心革面，日后报效国家建功立业，正大门
楣，光宗耀祖，方是人生正道呀！"

> 耳菜点评：绝非心灵鸡汤，实属原汁原味全面诠释皇上圣旨。绝
> 对不能跑调！

区少安40多岁的年纪，眉目俊朗，七尺身材，十分健壮。

他听罢包拯一番话，神情便有了些激动，欠身拱手说道："多谢包大人抬举，我等误入歧途，身陷绿林，居江湖之远，心神愚钝，盲人瞎马不知深浅，为害地方经有年矣，自知罪孽深重。今日蒙皇上法外开恩，青龙会感激涕零，定当再作冯妇。今后还望包大人多多指点迷津。"说罢，又朝包拯深深一揖。

包拯忙伸手搀了："区英雄不必客气。你通达时务，吉人天相，将来必是有一番造就，不可限量啊。"说罢，侧过身子，伸手引路，朝众人说道："诸位英雄，请。"

区少安忙欠身道："包大人请！"

包拯哈哈笑了，不再谦让，便大步头前走进衙门去了。

众人随着包拯，昂首走进了开封府。

> 耳菜点评：欣逢好日子，大家涨姿势。

随着包拯朗朗的笑声，多年压在人们头顶的乌云散去了。

是啊，杀人越货、怙恶不悛的青龙会终于向朝廷投降了，这是件天大的好事，人们终于可以松口气了。

这个令人头疼多年的江湖地下武装组织，给朝廷找过太多的麻烦，它今日能俯首帖耳地向政府投降，缘于老帮主区长河突然暴死。

区长河虽年近古稀，却身强力壮，精神矍铄，或如当代人所讲，70岁年纪，30岁心脏，运动员的体能。他怎么暴死了？或如柳子厚曰：精壮暴死，久病延年。

缘由上个月初五日，区长河被人请去洛阳城内赴宴。

主场请客的是洛阳城内大财主张继续。

张继续绝非一般财主，可说是财主中的财主。

市井坊间传言，他家中金银财宝成箱，妻妾成群，骡马成队，车辆成行，房屋成片……言而总之一句话：家里有矿，财产无数。

> 读至此处，耳菜窃想，此土豪若能穿越到现在，认干爹的肯定挤破脑袋踩丢鞋。

张继续和区长河交往久矣。

坊间传说，二人年轻时闯荡江湖，偶然结识，彼此性情相投，且二人都是身材魁梧，相貌也很近似（耳菜疑惑：长得像从小失联的双胞胎）。二人惺惺相惜，便撮土为香结拜了兄弟。从此二人齐心协力，绑在一处熬江湖（点评：全面战略伙伴关系），很是过了一段刀口上舔血、脑袋拴在裤带上的屌丝苦逼日子，终于熬到了江湖大佬的地位。可熬出了名头有了可观积蓄的张继续，厌倦了这种有今天没明天提心吊胆的江湖生活，便金盆洗手不干了。他在洛阳城内买了几间店铺，开始做生意了。

> 点评：洗钱？或叫华丽的转身。

日子一天天过去，张继续的买卖越做越好，竟成了富甲一方的大财主。江湖上还有说道儿，没有区长河的帮衬，张继续不会有那么大的家业。也有人说，张继续就是区长河的钱庄（私人银行），如果没有张继续的财力支持，区长河的日子不可能那么滋润。

> 耳菜计算下：黑道加土豪，等于什么？等于黑道的平方！

张继续如此一个显赫身份，宴请江湖身份显赫的区长河吃顿饭，那就是常理了。

> 耳菜感慨：中国人请客，从来都有说道儿。您如果是个卖白菜萝卜的，您想请区帮主吃个饭，借机在饭桌上巴结一下，那您……是做梦呢。哪怕您赌咒发誓，说您是诚心诚意想请区帮主吃顿海鲜或者吃回涮羊肉，诚心诚意想请区帮主喝茅台五粮液或者 XO 人头马，您真是一点儿也不心疼您的血汗钱，您真是见贤思齐，您真是铁杆粉丝，您真是慕名而来，绝无借钱或贷款的意思……那您也一边凉快着去吧。请客也得有身份呢。您见过开出租汽车的，请某市长或者副市长坐在地摊上吃烤羊肉串儿喝啤酒吗？

张继续为什么请客？

六月初五是区长河 68 岁生日。

张继续事先包下了洛阳城内最大的四海酒楼，为老朋友过寿辰。被请来作陪的客人有近百号，全是在江湖上有头有脸的人物。为何他人都安然无恙，却偏偏毒死了区长河？

据目击者说，区长河只是喝了两杯酒之后，微微皱眉嚷了一句："心口疼……"就登时出溜到了桌子下边，紧接着，与他一桌的四个女保镖王春、张夏、李秋、岳冬也都口吐白沫，不约而同地"扑通、扑通、扑通、扑通"，一概倒在了地上。

人们起初还以为区帮主喝醉了呢，他不应该这样不胜酒力呀，江湖上都知道区长河的酒量，休说区区的两杯小酒，两坛酒下肚也面色如常。

> 耳菜评点：两坛酒？那……肯定是低度白酒，或是香槟啤酒之类。如果弄两坛度数六七十度的白酒试试？神仙也不行。

这四个漂亮的女保镖平日里也都是有些酒量的呀，为何也都喝醉了？

有人赶紧过去搀扶他们，才知道区长河和他的四个保镖都已经彻底死透了。

随同的郎中立刻上前看了，把脉之后，即大惊失色，区长河竟是中了一种名叫"百蛇叶"的剧毒。

相传百蛇叶生长在万年不融的雪山之巅，极寒极毒，炮制之后，无色无味，一滴入喉，五脏洞穿，凶猛程度赛过水银，令人谈之色变，眼下世上尚无解药。

谁这样大胆，敢给大名鼎鼎的区长河帮主下毒？而且还下这等剧毒？

这成了江湖上的一桩费解的疑案。青龙会当即展开调查，把四海酒楼的掌柜与伙计都统统捉去严刑拷问，可挨个儿打了个死去活来，却也没有问出一丝儿线索。到底是谁干的呢？

> 读者别问耳菜，耳菜也不知道。

如果是仇家所为，那简直就是大海捞针了。区长河横行江湖几十年，暴戾恣睢，死在他刀下的人数不胜数，仇家还数得过来吗？只说悬赏重金夺他性命的人，近年来吵吵嚷嚷至少有几十家。区长河自知种毒太深，结仇太广，许多人做梦都恨不能他早点儿挂了。多年来，区长河从不疏阔，起居出入小心翼翼，十分戒备，有时警惕到草木皆兵的程度。可这次呢，小河沟里翻了大船，竟然暴死在了生意兴隆的四海酒楼。更可怜他手下的四个闭月羞花的女保镖，都是在江湖上成名多年，手上沾满了他人鲜血的顶尖杀手，也陪着他一同毙命，组团去阎王那里旅游了。

怀疑对象当然首推张继续，你他妈的怎么请客的？把你请的客人给毒死了，你一定得说清楚。别说毒死了，就是喝高了，犯心脏病死翘翘了，你也得说清楚！

> 耳菜感慨：当代这种事更是常见。比如您与某哥们儿关系非常不错，多年不见，分外惦记，思念之情，与日俱增，见面总得喝几杯呀。得，赶上哥们儿有心脏病，喝着喝着一兴奋，就挂了。您就等着打官司吧。您别觉得冤，花钱请哥们儿高兴喝酒，请客还请出罪过来了？这种事电视上常常曝光，耳菜就遇着两回了，人情至此，也真懒得再议论。闲话，打住！

可是张继续已经说不清楚了。

因为张继续不会说话了。

区长河中毒的同时，张大财主竟然被人勒死在了四海酒楼的厕所里。尸体扔在了粪池里。可叹，家财万贯的张大财主绝对不会想到，他洁癖了一辈子，吃顿饭都要洗三回手，竟然葬身在这样一个污秽不堪之地。

不仅要夺走你的性命，还要侮辱你"本尊"的卫生品质，这也

> 太……神马了!

谁干的?莫非是杀人灭口?那张大财主也一定参与了谋害区帮主的阴谋?

可惜呀,张继续不"继续"了,这一切,都随着张继续的生命突然结束,彻底中断了。

区长河停枢三天便下葬。

如此匆忙,原因有二:

一则,区长河仇人太多,尽早入葬,以防仇家借青龙会治丧之机出手报复。

二则,天气炎热,多放几天,区帮主的遗体就得生蛆,那就太有损形象了。

赶快入土为安吧。

> 青龙会有的是钱,可也不能穿越建冷库。

让人心惊肉跳的是,区长河下葬第二天,竟然让人盗墓了。更准确些说,根本就不是盗墓,而是被人彻底破坏了。区长河并没被挫骨扬灰,而是被乱刀分尸,喂饱了野狗。他周围那四个美丽的女保镖的墓葬,也是同样的结果。

谁干的?且不说有悖人伦,单此可见区长河生前种下了多大的仇恨。

> 出来混,总是要还的。混得久了,便还得多。纵然做鬼,也不幸福!

人亡政息的怪圈，不只限于政府，黑道上也同样适用。

青龙会新帮主区少安刚接任不久，便彻底否定了父亲与官府作对的"路线图"。区少安改弦更张，派人与开封府包拯联系，愿亲率青龙会万余人，接受朝廷招安。

这都是表面文章，其实，区少安在做青龙会帮主之前，就已经与开封府暗通消息了。换句话说，新帮主区少安，早已经是与朝廷暗通秦晋的"卧底"了。

区长河暴死，只是给了区少安一个天赐的机会。

包拯当即向皇上做了汇报。

这当然是件天大的好事。双赢呀！

皇上当然高兴，去了一个心腹之患。

青龙会更高兴，杀人放火几十年，混成了国家公务员。

包拯在开封府宴请之后，皇上下诏亲自接见区少安。

最近仁宗皇帝好戏连台，心情格外舒畅，正是高兴接着高兴呢。为什么如此接连不断地高兴？

青龙会被招安之前，还发生了一件有关国家安全的大事。辽国的萧太后或是年迈体弱斗志衰退，或是善念顿开，要造福国民，她突然不想打仗了。

很疑惑：老太太改脾性了？吃斋了？念佛了？

萧太后派出和平使者，向仁宗皇上递交了和平友好的国书。辽国使者告诉仁宗皇帝，辽宋两国长年战争，互相积贫积弱，彼此民不聊生，萧太后不愿看到辽宋两国再有战事，萧太后经朝会统一意见后，主动提出双方休战。辽国逐步开放燕云十六州等军事隘口，以幽州、蔚州等地，率先开放通商贸易，插箭岭、飞狐峪（今河北涞源一带）等关口要地，双方各自退军百里云云。

萧太后的这封和平国书，写得言辞恳切，用词精美，充满人生况味，而且语重心长。

仁宗皇帝看罢，当然非常之高兴。

> 是呢，谁总闲得蛋疼想打仗呢？别把敬爱的仁宗皇上想象成了希特勒。

当下便让辽国使臣带回他写给萧太后的亲笔信，仁宗信中真诚表示，宋国绝对拥护萧太后的"和平主张"，并在信中提出建议，双方互派主管大臣举行会谈（部长级会谈），洽谈和平通商之具体事宜。

萧太后看罢信，欣然同意。于是，辽国派出以商务大臣耶律昌为首的商务代表团，宋国派出以户部尚书齐全城为首、侍郎刘方之为副的商务代表团，在幽州亲切会晤，商议两国边境通商贸易具体事项。大领导都表示友好了，那还有什么不好商议的呢？

双方很快便达成了协议，定于今年九月九日，即重阳节那天，两国在幽州、蔚州、涿州、雄州四地同时开埠通商。届时，宋国商务使团、辽国商务使团皆率领本国商贾隆重赴市贸易。仁宗皇帝亲自下令，由安阳、南阳、阜阳等物产丰饶之地，调拨谷物蔬菜、丝绸布匹、酒水蜜饯、名贵药材种种，热情参市。

> 耳菜称赞：不蒸馒头蒸（争）口气，这可是长脸的事儿，别让人家小瞧了咱们大宋的国力呀！

两国罢战通商之事刚刚谈好，便是去了外患；青龙会又被招安，便是去了内忧。

读者换位思考下，皇上能不高兴吗？

仁宗皇帝在皇宫隆重接见了区少安。

> 赶上大领导心情好了，真是高规格呀！

君臣一番对策，区少安言语得体，圣上听得龙心大悦，当下诏封区少安为南阳同知，区少安叩头谢恩。

> 相当于今天的省辖市常务副市长！绝对正厅级。看看人家这官当的，大领导一句话的事儿，简单！容易！再看看时下那些跑官买官者的辛苦，再想想那些腿跑细了钱白花了的冤大头。人比人，气死人。真让人喟然长叹！

仁宗皇帝告诉区少安，青龙会万余人的队伍，交由东京统领赵允勉将军整编。整编之后，按照皇上的旨意，赵允勉将归降的青龙会编制打散，分而化为十几股，划拨各东京驻守部队。

> 评点：原编制一律打散，即是分而治之。区少安说是投降了，谁知道你手底下这帮人心里服不服气呢？自古以来，投降者对于胜利者是件好事，兵不血刃嘛。可是投降者从来又是让胜利者放心不下的一件闹心事。鬼晓得你们还会不会反水呢？白起与项羽前后坑杀几十万的归降者，这哥俩儿没穿越技术，肯定没商量过，可他们各自性格上的狐疑猜忌与心理上的极度不信任，一定息息

相通。

真应了那句老话，要当官，杀人放火受招安。如今也是，君不见，一些大款由走私贩毒起家，公家从不问他的第一桶金的含血量如何，只问含金量多少怎样。只要是他有了大钱，便有混蛋官员求贤若渴上门拜识。

真对不起，还得说句日本话——江湖上有了传言，说区少安的金票大大的给——塞给了皇上好多银子。这个说法儿，很多人相信，耳菜却不相信，啊呸！这种说法儿是对皇上的侮辱！皇上有的是钱，国家的钱都是他家的，想怎么花就怎么花，他能看上区少安那几个小钱儿。嘁！人们怎么能从门缝儿里看皇上呢？大宋皇帝绝对不是日本皇军。可是江湖上就这么说，皇上也是人，是人就爱钱，爱钱者都是多多益善。如此推理，皇上的左右近臣也接了不少区少安的银子呢。一向清正廉洁的包大人，也有受贿的嫌疑呢。唉，如此传说，添油加醋，野火一般在江湖上蔓延开来。耳菜坚决不相信包大人受贿，可是耳菜没证据证明包大人没受贿呀！

皇上诏见并加封区少安之后，立马在皇宫里摆下十几桌丰盛宴席，款待区少安等一干青龙会首领，包拯一干重臣依例作陪。酒至半酣，喝得面红耳热的皇上告诉区少安："区爱卿呀，十天后，朕要去阜阳、杭州等州府巡视。其间途经南阳，朕要在南阳稍事歇息，亲自给你这位新任的南阳同知壮壮威风，也好让天下绿林知道朕一片爱才之心。借此事你也好张扬一番，让天下失足绿林的英雄们，顺风归降，入朕彀中，为朝廷效力呀。"

靠！这皇上也真没范儿，喝多了也满嘴跑火车？出行视察的事儿也能随便喝瑟呀？

区少安急忙应答："圣上龙心慈爱，天下英雄必定会精忠报国。"

皇上呵呵笑了："区爱卿，你知朕一片苦心便是了呢。"

区少安又郑重其事地向皇上提出了一个请求。他请求先办完一件事情，再去南阳上任。皇上听区少安说罢，爽声大笑："区爱卿呀，小事一桩嘛。朕答应了。"说罢，看看包拯，笑道："包爱卿，此事便是由你办理吧。"

包拯连连点头，喏喏应承下了。

大领导发话了，包先生敢不应承吗？

区少安向皇上提了什么请求？说来简单，他请求开封府派人保护他的儿子区化龙去杭州相亲，随行还有百余辆车的相亲礼物。区少安很忧虑地对包拯说，青龙会被朝廷招安后，那些仍旧坚决与朝廷作对的江湖组织，必定对他恨之入骨，寻仇报复是必然的。相亲的礼物难免被抢劫，他的儿子也难免被人追杀。如此想来，此次区化龙去杭州相亲，途中定会有诸多凶险。区少安请包大人多多关照，派人于途中保护区化龙的安全。

猪养的猪疼，狗养的狗疼，区家养的区家疼。敬请包大人多多理解。

包拯呵呵笑了："区大人尽可放心。圣谕已经下达，包某定当全程负责区公子安全。"

包大人笑得很自信，或许包大人心里就没当回事儿，不就是送一趟亲吗？太小儿科了。开封府的捕快们都是身经百战，江湖上那些区区的毛贼还敢拦路抢劫？找死呢？

区大人多虑了呀！

此时，包大人倒是想着另一件案子呢。

壹

区少安在向开封府投降的前一天晚上，包拯吃过晚饭，派衙役找来了展昭和卢方。包拯告诉他二人，他接到报案，皇宫设在城外的薪炭转运供局失窃。负责"薪炭局"的少尹马云洪不知去向。

> 为了读者阅读方便，薪炭转运供局——下面耳菜一律简称为"薪炭局"。什么叫少尹？耳菜也写着麻烦，类推一下，少尹大概就是如今厅局长一级的干部。也就别少尹老尹的了，为了读者阅读方便，下边一律简称为局长。

薪炭局属户部与吏部共同辖制。本来设在城内金钱胡同，距离皇宫较近，适于宫中冬天使用木炭方便。太宗三年冬至那天，一个厨子因油锅起火，油火四溅（尼马，多大的锅？放了多少油？大排档炸油条呢？），一时扑灭不及，引得御膳房起火，火势借着风势，有恃无恐，十分嚣张，且越烧越凶，直蔓延烧到了皇宫后边的两条街道，便殃及了薪炭局失火，上千车木炭尽毁于大火之中。

事发突然，木炭采购调运一时接济不上，皇宫里很挨了几天冻。唉，那年头儿冬天难熬，既没有卖空调的，更没烧暖气的，皇上再牛逼（牛逼到秦始皇先生那个份儿上）也弄不到。木炭是达官贵人首选取暖能源。没有木炭，等于停了供暖。据说几位弱不禁风的妃子都冻感冒了，其中有一位妃子，竟然呜呼哀哉了。

朝廷接受古人曲突徙薪（柴房得离厨房远点儿）的教训，便将薪炭局搬到城东，派一队禁军看守。可谁能想到呢，局内所贮藏的五千余斤木炭，竟然被人盗走了。

这事情有些蹊跷，时令当值立秋，谁也不会用木炭取暖。盗窃这些木炭为何？而且盗走了五千斤。

莫非谁家熬着吃？

包拯忙于研究第二天受降区少安的事情，而且区少安受降后，包大人还要陪区少安进宫朝见皇上，还得陪着区少安跟皇上说话儿。包拯分身无术，便让展昭、卢方去处理这件案子。

开封府嘛，向来雷厉风行，效率第一，对重大案件从不敢懈怠。当天夜里，展昭和卢方带着几个捕快到薪炭局勘查案发现场。

薪炭局占地一千九百多亩（可惜这些地喽，木炭能值多少钱呢？京城之中，寸土寸金，搞房地产得赚多少钱呢？古人没赶上好时候呀），是皇宫贮存木炭的仓库。全国各地进供或调拨到京城的木炭，登记造册之后，一概存放在此，除却皇宫用度，朝中大臣用炭，也要由这里提供。

薪炭局长马云洪已经不知去向，姜连胜副局长向展昭实名举报，此事应该是马云洪监守自盗。马局长已经一个多月不露面了，大概是畏罪潜逃了。

姜连胜原本一张黝黑的脸庞，此时却变得黑中透黄，霜打树叶的颜色。他已被这个突发的盗窃案吓得头重脚轻了。也别管这些木炭值不值钱了，皇家即使丢了一根针，也比老百姓丢头骆驼严重呢。姜连胜脑袋蒙蒙地回答展昭与卢方的问话。姜连胜竟还说出了一个情节，立时让展昭与卢方头大如斗了。

姜连胜不解地问："薪炭局失窃木炭的案子，我们已于半月前就向开封府报案了，开封府为何今日才派二位大人来勘查？"

展昭与卢方面面相觑，他们怀疑自己听错了。展昭火冒冒地问道："什么？你半月前就报案了？你报给谁了？你莫不是说谎？"

姜连胜惶惶地说："二位大人，半月前的晚上，正是姜某当值，我检查仓库时发现，局内所贮存的五千余斤木炭，竟然被人盗窃一空。我急忙报告局长马云洪，可是马云洪局长没来上班。我找到他家里，他家人也不知道马局长的去向。我百思无计，便向开封府报案了。当时是张龙捕头带我见的公孙策先生呀。他都做了笔录呀！"

姜副局长言之凿凿说到这个份儿上，展昭不好再问，他看看卢方，卢方也是一脸疑惑。是呀，一向严谨的公孙先生如何会渎职呢？或者是包大人……

展昭朝卢方丢个眼色，暗示此时不再提这事。

卢方目光如炬地看着姜连胜："姜副局长举报马云洪局长监守自盗，证据何在？就算是马云洪监守自盗，可是这五千斤木炭，马局长是如何运出去的呢？"

展昭讥讽地笑道："姜副局长这十几天当值，莫非玩忽职守？"

你长眼睛长耳朵总不是用来出气儿的吧？倒腾出去五千斤木炭，那得多大动静呀？你一点儿也没看到？也没听到？你姓姜的总不能说你天天到薪炭局来打酱油吧？

姜连胜副局长战战兢兢地回答："二位呀，我敢发誓，姜某在这个副局长的位置上，眼睛和耳朵就从来没悠闲自在过。我虽然不敢保证睡觉也睁着一只眼，竖着一只耳朵，我确是认真看管着薪炭局的仓库呀！可怎么就会丢了呢？而且丢了五千斤呢？不是他马局长还能是谁呢？"

展昭与卢方都听明白了，这五千斤木炭，的确就是在姜副局长眼皮底下，神不知鬼不觉地丢了。薪炭局里十几个当差的异口同声说是被马云洪盗走的。可口说无凭，证据呢？

展昭与卢方逐个讯问薪炭局的人，一直审到了第二天下午，也没有审出个所以然，二人哈欠连天一头雾水地回到开封府。

包大人还在皇宫陪区少安觐见皇上。公孙策与马汉、张龙正在堂上说话。展昭、卢方便把事情结果先对公孙策讲了。公孙策听了，便皱眉道："此案颇是有些蹊跷呢，这个季节，偷窃木炭？似乎有些不可理喻呢。"

展昭与卢方互相递了个眼色，卢方便皱眉道："公孙先生，此事嘛……还颇有些纠结呢。"

公孙策怔了一下，看了看卢方与展昭："如何纠结？"

展昭微微阴了脸色："展某就直说了吧，那姜连胜说他半月前已将失窃案报呈开封府了，是由张龙引路，公孙先生接的案子，如何包大人昨天才派我二人去勘查呢？是包大人有意压下了案子，还是公孙先生……"

> 老展也太不讲究了。这当着公孙先生的面儿呀，你就酱紫不通人情世故？你家里人造吗？

公孙策愣怔了一下，便有些尴尬地摆手笑了："二位莫要误会包大人，责任却是在我呢。那天包大人进朝去了，正逢我当值，却来了两个旧相识，邀我出去喝酒，我却吃多了些，昏昏沉沉便是睡下了，醒来后，便把薪炭局的这件案子给忘了个干净。直到昨天，我才在书案翻出了姜连胜的笔录，猛地想起这件案子，便慌忙报呈了包大人。该死，该死。真是渎职了呢。"

张龙一旁苦笑道："那天确是我引姜连胜到公孙先生这里，笔录了案情。或是公孙先生百密一疏，忘记了。"

展昭疑惑地问道："公孙先生，您一直是个严谨性格呀，如何出了这等差池呢？"

唉，老虎也有打盹儿的时候呢，卢方忙给展昭丢了个眼色，摆手说道："展护卫呀，此事不提了。或是公孙先生一时疏阔了。"

> 展昭呀，你就别追究了呀！你还真拿自己当主管领导了？人家公孙先生跟包大人什么关系呀？你也太任性了！

公孙策不好意思地点头道："展护卫责备得好，此事我果然要长长教训了。"

卢方呵呵笑道："此事不提了。公孙先生，我们只是有些奇怪，马云洪一个堂堂薪炭局长，待遇不低，日子也不错，他偷盗这么多木炭干什么用呢？十几年熬下来的前程岂不是尽毁吗？"

> 可说是呢，就是贼瘾上来了挨不住，也总得偷点值钱的玩意儿。偷木炭？马局长缺心眼儿？

公孙策点头："卢护卫说的是呢，且不讲眼下乃夏秋之交，这些木炭不容易脱手。只说存放赃物的地点，就是个问题呢。"

展昭也摇头说："真是奇怪了，马云洪断不会是鬼附体了？五千斤木炭能值多少银子？他竟做出这等不划算的事情。"

> 担着卖白粉的风险，图个卖白菜的价钱，不是有病是什么？

马汉一旁讪笑道："这个马云洪确有些劣迹，我真知道一些，或是与这件案子有关联呢。"

公孙策忙说道："马捕头，你且说来听听。"

马汉道："前年秋天，东京城内赌风猖獗得紧，许多官吏也混杂其中，流连忘返，不可自拔，荒芜了衙门诸多事务。皇上很是恼火，觉得有失朝廷体面，责令开封府去整饬东京城内的赌坊。包大人当即派我带捕快们去捉些官吏们回来训诫，以儆效尤。其中捉了两次，都有这个马云洪，可见此人恶习难改。后来却也捉不住他了，并非此人戒赌，而是赌得愈加隐秘罢了。我猜想，薪炭局是个清水衙门，朝廷每年的拨款常常拖欠，官吏们的俸银也时常不能按时到位。马云洪这样一个赌场中的瘾君子，或许输得急了，债主逼得紧迫，他一时无计可施，便把国家的木炭监守自盗顶账了？"

公孙策皱眉点头："马汉说的嘛，颇有几分入情入理呢。"

展昭叹道："国家使用这样的愚蠢人物，也是让人扼腕长叹呢。"

卢方摇头："若果然如此，真是可恶至极了。"

行文至此，扯几句闲话，自古以来，官场中这样的蠢材就摩肩接踵。唐代有个名叫元载的宰相，平常很节俭，穿补丁衣服，给人印象清正廉洁。可是他有个爱好，吃胡椒，上瘾且瘾大。经常向部下索贿胡椒。最后被人举报，上边查下来，到他家起赃，都看傻眼了，竟有好几屋子，有的已经发霉了。称一称，有八百担。用现代量器计算，概有六十四吨。弄到大理寺（最高法院），摊开摆晾了一院子（贪腐展览？）。天爷，元宰相有病呀！谁有药？当代这样的官员也是不少，从科员干起，一步一个台阶，干到了某个市长或市委书记，大家都说有能力（没能力也混不上来），看样子还得提拔。可是就是贪污几个小钱，被人举报，就丢了前程。这种人物，都是大账不算记小账。

朱元璋曾经跟臣子们说过一句掏心窝子的话，朱先生的文言文就不转述了，拗口。大概意思是说：你们受过十年寒窗苦，三更灯火五更鸡，混到现在都不容易呀，你们的工资虽然不是高薪，可你们比老百姓的日子好过呀。你们旱涝保收成呀。诸位千万别侥幸，想贪污点儿，如果让我逮住，对不住，您这前半辈子就算白干了，您得杀头，您的家属都得充军流放。不值呀！朱先生说得语重心长，可谓金句。

可惜马云洪不认识朱元璋先生，他没听过这番话。

其实，从古至今，贪官都是侥幸呢，不是缺心眼儿，就是傻大胆儿。马云洪绝对不是第一个，也不是最后一个。朱元璋先生说了也白说，贪官们该贪污还是"前腐后继"，挑战主持人。逮着了算你的，逮不着算我的。

几个人正在议论，但听衙役喊道："包大人上堂了。"

马汉道："大人回来了，看大人如何说呢。"

展昭看了一眼公孙策，便讪笑道："马兄说得是，且听包大人如何分析这件案子吧。"

公孙策的脸色就微微红了。

贰

金秋八月，东京城外四野开阔，庄稼都在金黄色中成熟了。这喜人的颜色如一张巨大天网，笼罩着大地。

天地间端的好景色。

正是"驴友们"外出旅游赏秋的季节。

年轻有为的区化龙，从东京兴冲冲启程，他并不是"驴友"，他要去杭州相亲。

江湖上都知道区家这门亲事，是区长河早已经给孙子定下的。女方是杭州城里的绸缎商人朱世富的千金朱玉蓉。

这位朱世富先生是天下知名的富商。当地人称"朱半城"，即杭州城的全民财富有朱家一半。话虽然有点儿夸张，但朱世富的经济实力确实强大，他不仅经营绸缎，还在杭州城开着两家钱庄，还有诸如饭庄、茶楼、浴池（洗浴中心）、车行、米店，还有青楼（娱乐场所？）种种生意，可想见朱家的财富多么气壮如牛。区朱两家结亲，既是高富帅与白富美喜结连理，又是官二代与富二代珠联璧合。古今中外，嫁娶之事历来是讲究门当户对呀。

> 读者可千万别相信什么爱情至上的鬼话，老年间的戏文里总演什么某小姐后花园赠金呀，绣球总砸在薛平贵这类穷小子的脑袋上，不能信！或许都是穷秀才们娶不上老婆急疯了，顾影自怜之际，才画饼充饥，望梅止渴，山鸡舞镜，编出故事来哄骗自己开心呢。您想呀，如果您就是一位烤羊肉串儿的先生，您自信您长得好，您自信潘安先生给您提鞋您都不要，您还自信您烤出的羊肉串儿营养丰富，是高钙串儿，一串儿顶六串儿！您自信主要看颜值更要看气质，您自信归您自信，可在朱玉蓉小姐眼里，您就是屌丝一个，朱玉蓉小姐就是闭着眼扔一万个绣球，也还是砸不到您头上。闲话，打住。

开封府派出了三十名精明强干的捕快，由护卫卢方带队，护送这一队不同寻常的相亲车辆。护卫徐庆、蒋平和捕头张龙、赵虎，也都化装成仆人的样子，紧随左右。张龙、赵虎还带着几只鸽子。这绝非平常的鸽子，却是开封府训练有素的信鸽，无论到哪里办差，都由这些信鸽与包大人通信联系。捕快们出门办差，即如放出去的风筝，线儿可总在包大人手里牵着呢。

百余辆彩礼的车子招摇过市，再由东京城鱼贯而出。惹得路上的行人纷纷驻脚，争相引颈观看。长长的车队，从东京城的东门浩浩荡荡鱼贯而出，好气派呀，有心的人细细数了，一共有一百三十六辆马车，装满了盛礼物的木箱。区家在江湖上横行几十年，果然是积攒了花不清的钱财。都别眼热，谁让区化龙摊上了一个有钱的爹呢！

> 自古而然，有钱的孩子都得"拼爹"，而今的女孩儿还创新了"拼干爹"。区化龙他爹厉害呀！百余辆车，就算是当今的物流车队，也很少见这样壮观的队伍呢。如果区化龙他爹是个卖白菜的，那就别"拼爹"了，他就得拼命赶早市去"拼菜"了。

卢方骑着高头大马，威风凛凛地走在队伍的前边。他很警觉，不敢稍有懈怠，他或许重新找回了当年在江湖上押镖的感觉。临行前，包大人郑重嘱咐卢方一干人，一定要保护区化龙的安全。江湖上许多与朝廷作对的人，一定会给区化龙找麻烦的。并且包拯暗中叮嘱卢方，开封府已经得到了线人密报，此去杭州途中，要加倍防范一个叫"野驴"的人。这个"野驴"已经盯住了区化龙的相亲行动。这是个非常危险的人物。

> 野驴？肯定是个代号。正常人有叫野驴的吗？

区化龙坐一顶八抬轿子，身后有一男一女骑马跟随。男的名叫陈小三，是伺候区化龙多年的仆人；女的名叫月秋香，是区化龙最喜欢的丫环。区化龙的左右，是区少安的警卫李冲和蔡越。这二人跟随区少安多年，武艺高强，在江湖颇有盛名，青龙会内当数翘楚。只是这二人自视甚高，素来不和，常有翻脸争吵之事（但凡有些本事的人物，都是不大注意团结同事）。区少安派此二人侍卫区化龙，或只是看中了他们的身手。争吵就争吵吧，或许还是件好事呢，仆不乱，主不稳嘛！

> 如果手下齐心协力，团结一致，还私下里磕头拜了把兄弟，得空儿就扎堆儿喝酒嘀嘀咕咕，那……主人还能放心吗？晚上肯定睡不着觉呀！

区少安一直把相亲的队伍送出城门，又叮嘱了区化龙几句。无非是路上一定要小心，到了杭州要快马捎封平安书信回来，免得为父日夜悬望之类的家常话。叮嘱完毕，区少安才放心地赴南阳上任去了。

相亲的车队，在东京百姓的瞩目之下，轰轰隆隆出城去了。

此一去，有分教：谁人脱得牢笼去，哪个伴却悠闲回。

叁

按照时间计算，区化龙的相亲队伍出发之时，白玉堂正在数百里外的陈阳县城下马。他将坐骑寄在城外一家客栈，只身优哉游哉去了河边，花一两银子搭乘了一只小船，兴致勃勃顺流而下。

陈阳是一个小城，五百余户人家。隶属阜阳府衙。陈阳城南有一条河，名为陈阳河，属淮河支流。陈阳河虽然名不见经传，流域内却有一段极好的风光。由陈阳河东去三十余里下船，便是颇有名声的妙笔山，妙笔山绵延数十里，植被葱葱郁郁，很是悦目爽心。沿山而上，有一座颇有些名气的古刹：镇风寺。

白玉堂此去是要游玩妙笔山、镇风寺。

妙笔山当年叫硝石山，此山多出硝石。

> 山不在高，有矿则灵。有资源就有钱呀，当代尤甚！

陈阳城内有几家硝坊，常年雇佣硝工在山中做硝，产量销量都很可观。相传当年陈阳河在硝石山这一段水路，常常狂风怒号，来往渡船多是在这一段河面被白花花的浪头打翻，传说是河神作怪。唐代高僧唐三藏由西域取经归来，曾在硝石山讲经三年，硝石山这一段水路，由此竟然变得风平浪静。当地感念高僧的恩德，由几个乡绅出资，乡民出力，便在山上建起了一座寺庙，取名镇风寺。据说镇风寺的匾额便是由唐三藏妙笔题写（不知是否有人质疑代笔）。由此，硝石山改名为妙笔山。传说唐三藏讲经期间，度人无数，每日里听高僧讲经的，竟是人山人海（追星一族？或是有偿听讲，散会发钱），穿越时空想象一下，当年高僧讲经的场面，该是如何壮观呀！

时过境迁，那种场面再无可能重现了呀。只留下一座镇风寺，让后人发思古之幽情。

镇风寺倚山而建，由寺的后门再拾级而上，走上去百余磴，便有一片碑林。白玉堂听人讲，那一片碑林蔚为大观。唐降以来，有诸多书法大家的作品，碑刻在那里。还有不少历代留下的无名石刻，也让人赏心悦目。白玉堂耳闻多多，虽身不能至，却心向往之久矣，此次来这里采风观景，即想一了心愿。

可是白玉堂却未能如愿。

白玉堂在妙笔山渡口信步下船，便发现有官军在此戒严，山路全被封锁。山路上立起了警示牌：

游人止步！

白玉堂正在纳闷儿，谁来了呢？

> 是呀，谁来了？古今戒严的通例，不是来了首长，就是来了逃犯。昨天耳菜住的城市里，有几段路就被戒严，警察林立，初疑来了什么大领导，街上一片诚惶诚恐。后来才得知，有个犯人，不经监狱长批准，就擅自溜出来逛街了。此种"逛街"行为，官方一概称之"越狱"。

白玉堂正在猜测，便有一队巡逻的官兵走过来盘查。一个大胡子的校尉对白玉堂喝道："这位先生，你没有看到渡口张贴的文书吗？妙笔山不得闲人进入了！"

白玉堂笑道："我不辞辛苦一路赶到这里，就是为了看看碑林，看来是不能如愿了。官爷是哪个官府的？我听你的口音不是本地人呢。贵乡似是广西？"

校尉嘿嘿笑道："你耳音不错呢，我是广西桂林人。这位先生也不是本地口音呀。"

白玉堂笑道："我是保州陷空岛人。我当年真是去过几次桂林呢，山光水色，让人流连忘返呀。官爷呀，能否商量一下，放我上山去看看碑林呢。就是片刻工夫。通融通融如何？总不能让我乘兴而来，败兴而归吧？"说着话，从怀里掏出一锭银子塞到校尉的手里。

又是套近乎儿，又是塞银子，白玉堂果然有眼力见呢。

校尉登时笑眯了眼，乐呵呵接了银子，兀自掂了掂，很麻利地揣进怀里。

有门儿！

白玉堂微微笑着，虚乎着目光看着校尉。

校尉却摆手说道："真对不住呢，先生只能遗憾了。我们也是奉命行事呢。"

什么人吗！收了钱也不办事儿？真黑呀！你不怕举报？

白玉堂皱眉问道："敢问是何原因官府要在这里戒严呢？"

校尉冷下脸来："无可奉告。先生请回吧。"

白玉堂登时蹙眉，心里道了一声扫兴，还白白损失了一锭银子。便快快不乐转身回了渡口。

是呢，一座古刹，风景宜人，本就是游客观赏之地，却无端被这些官军封锁，莫非真是朝中某位要人到此？白玉堂走到渡口，回头再看了看那些巡逻的官军，他心里微微动了一下，他感觉有什么地方不大对劲儿了。再往细处去想，却一时又想不出什么，便沮丧地登船返程了。

船工是个中年汉子，白玉堂问道："船家哥哥，这妙笔山是何时封锁的？"

船工皱眉道："有半个多月了呢！也不知道官府在这山上寻找什么呢？"

> **是呢，找什么呢？或是哪位领导家中的宠物或猫或狗丢了？**

白玉堂问："有官员来此视察吗？"

船工点头："听见过鸣锣开道，传说是京城里的什么王爷来了？"

白玉堂点头苦笑："这就是了。"

白玉堂乘船回到了陈阳城，他在陈阳城外的客栈取了坐骑，便去了陈阳城西十余里的范家庄。

走到范家庄的时候，软弱的秋阳已然偏西。他四下望去，范家庄周围的田野里十分安详，许多成熟的庄稼尚未收割。或是这个庄里的农户过于疏懒了？

有零星的庄户或是已经忙完地里的活计，扛着农具回庄里了。举目望去，范家庄已经是炊烟袅袅，有饭菜的香味，松松淡淡地在空气中飘浮。白玉堂兀自一笑，这范家庄果然是个富饶村落，富裕的庄户总是悠闲自在，连晚饭也吃得早些呢。

白玉堂在村前下鞍，牵马进村，去了范月婷家。

范月婷是范万里师父的女儿。

遥想当年，范万里凭一只弹弓，始在江湖上崭露头角，后来在京城举办的一次弹弓比赛上，他一只弹弓粒不虚发，打得百发百中，拔了头筹，就扬名立万了。江湖人敬称神弹子。有此块招牌，便是树大招风了。江湖上无数弹弓的练家子，都蜂拥般跑到范家庄，找范万里比试手段。但是，却是奇怪呢，范万里却每每总是输给他们，这些人自然心满意足地走了。白玉堂那时刚在江湖出道，也喜欢弹弓，自觉有了几分手段，便慕名来找范万里，也要求比试弹弓。范万里却赢了白玉堂。

白玉堂当时大惑不解，问范万里："范师父，为何那些技不如我的人，您却输给了他们呢？"

范万里笑道："你有所不知，那些人名义上是来切磋技艺，实际上都是想赢我。既然想赢，就让他们赢好了。人家乘兴而来，何不让他们得意而归呢？你却不同，我看出你是真心实意来学习弹弓的。所以，我便不吝逞黔驴之技，与你切磋呀。"

当时白玉堂听罢，大为感慨，似范万里这样身怀绝技的成名人物，若要赢，如探囊取物；若要输，却真需要胸襟气量呢。由此，白玉堂便拜在了范万里门下，学习弹弓，二人便有了一段师徒情谊。再三年后，范万里病逝，白玉堂闻讯赶来范家庄吊孝。那是一个雪天，似乎天地也不忍悲切，刚刚十岁的师妹范月婷，在雪地里给赶来治丧的人们逐一叩拜。

范月婷还有个哥哥：范月明。白玉堂从没见过。范月明当时因生意上的事情吃了官司，正关在牢里。没能赶回来治丧。也有人感慨说，范万里中年早逝，或是为儿子身陷囹圄，从而憔心悴神所致呀。

白玉堂熟门熟路地走到了范家门前，未曾敲门，先细细打量。

屈指数来，白玉堂已近十年不曾到此了。夕照之下，范宅竟然还是当年建筑模样，只是门上的彩漆已经剥落得斑斑驳驳，青砖砌的院墙，也已是灰败的颜色。白玉堂心下颇为感慨，当年范师父在江湖上威名赫赫，每日里家中都是高朋满座，武友如云。斯人一经逝去，便是门庭冷落，车马渐稀了，世态如此，真让人唱然无语了。

范家是个小宅，范万里一生豪爽，为朋好友，挣来的钱财无数，确是吃喝用度了，并没有积攒下家业。白玉堂心中甚是有些奇怪，范月明不是做生意吗，为何挣下了钱不装修翻新一下家宅呢？有钱人若不光大门楣，岂不是锦衣夜行了吗？

白玉堂收了思绪，上前轻轻叩动门环。

少顷，街门便开了，一个年轻的女子迎了出来，她在打量着白玉堂，细细的声音问道："您找谁？"

年轻的女子站在夕照之下，十分生动美丽，似从画儿中款款走出来（做梦？画中人？）。白玉堂仔细打量，却找不到范月婷小时候的模样，真是女大十八变呢。他拱手施礼道："在下白玉堂，找月婷师妹。"

女子的表情惊异了一下，疑惑地点头："我就是范月婷，您是白玉堂……"

白玉堂慨然一笑："我确是白玉堂。"

范月婷眉宇间似有一丝惶惑闪动，款款说道："原来是白师兄到了，快请进来吧。"她朝身后招招手，随即走出来一个中年男子，扮相似是下人，便替白玉堂牵了坐骑。白玉堂便随范月婷走进院子，他一脚踏入，便想看看他记忆中院子里的模样。他记得当年院中有几棵石榴树长得很好，每逢五月，榴花似火如荼，煞是养眼。现在必定更加枝繁叶茂了。白玉堂还记得，范师父当年喜种丝瓜，院中总要搭一片丝瓜架。每到秋季，一条条嫩绿的丝瓜便挂满了院子，那真是令人赏心悦目的景象呢。

可是白玉堂此时什么也看不到了，他眼前突然一片漆黑。

绝不是黑夜顷刻降临，而是一块迎头扑来的黑布突然罩住了白玉堂，瞬间即逝的工夫，白玉堂已经被几条绳索紧紧捆了。他感觉自己被捆成了粽子的形状。他分明听到了范月婷突然变得生硬的声音："且把这厮关到后院。"

> 白玉堂一定蒙了。绑票？这小师妹参加黑社会了？唉，长相挺萌，黑起来也行！读到这里，耳菜感觉吓死宝宝了。

肆

完全在展昭的预料之中，包拯对薪炭局失窃案高度关注。

包拯请旨之后下了两道命令，其一，开封府捕快即日起在东京城内严格搜查木炭下落。各个城门，严加盘查出城车辆，防止木炭偷运出去；其二，向全国各州府县发出了海捕文书，缉拿薪炭局长马云洪。无论那五千斤木炭价值多少，盗窃了皇宫里的东西，就是弥天大罪。官员监守自盗，更是罪加一等。

展昭却有疑问："大人，京城搜查，城门盘查，却是应该。而马云洪盗窃木炭，却证据不足呢。颁发海捕文书，是否有些草率？"

包拯笑了："如果马云洪果然是窃贼，那么，海捕文书便是他的催命阎罗。如果马云洪不是窃贼，那么，他看到文告，便会来开封府投案。"

公孙策点头笑道："展护卫呀，大人此乃打草惊蛇之计。"

展昭仍然疑惑，摇头说道："打草惊蛇？只怕是要惊蛇入草了呀！如果马云洪不是窃贼，那真窃贼岂不是借机逃脱了吗？"

包拯笑道："如果窃贼另有其人，那么马云洪看到文告，便一刻也不会耽误前来说清楚了。他一定能够给我们提供线索。无论是打草惊蛇，或是惊蛇入草，总之，这条蛇要动作起来，我们才好捕捉呢。"

展昭听罢，点头称是："还是大人想得周密。"

包拯道："展护卫，已有淮阳线人韩大车举报，马云洪在淮阳一带的赌场出没。你与马汉，即刻出发，去淮阳缉拿人犯归案。我昨天已给淮阳官府发了八百里特急文书，你们到达之后，便与官府接洽。"

堂下的马汉立刻拱手领命。

展昭更加疑惑："包大人，如此说来，马云洪已经在开封府的视野之中，这海捕文书……"

公孙策笑道："展护卫呀，如何还不明白，包大人此举，就是要给真正的罪犯吃一粒定心丸呢。"

展昭恍然大悟，点头笑了："我这就与马捕头去淮阳。"

人急马快，一天一夜的路程，展昭、马汉带着几个捕快便进了淮阳城。淮阳太守林梦轩已接到了开封府的快马通报，派衙役来城门迎接。衙役引展昭、马汉一行到了衙门，林梦轩早在衙门口恭身迎候了，施礼道："林梦轩在此迎候展大人、马大人。"

展昭、马汉急忙下马还礼。

林梦轩道："两位大人一路辛苦，是否先到驿馆歇息？"

展昭笑道："林大人，公务紧急，说不得辛苦，还是谈差事吧。"

林梦轩笑道："二位大人如此不知疲倦，开封府上下奉公敬业，可见一斑了。二位，请到林某书房说话。"说罢，便前头大步引路。

展昭、马汉便进了林太守的书房。

大家落座，展昭拱手道："林大人，我们来此是捉拿马云洪的。据线人韩大车举报，马云洪常在赌坊出没。"

林太守微笑点头："不劳诸位大人费心了，马云洪昨天已经投案。"说罢，取出几页纸，递给展昭："这是马云洪的画押供状。"

展昭接过供状看了看，便递与了马汉。

马汉笑道："如此倒是省事了。"

林太守皱眉叹道："只是……此人你们却再问不出什么了。"

展昭不解，便问："为何？"

林太守长叹一声："马云洪昨夜在牢中自杀。"

展昭、马汉相视一怔，几乎同时惊讶问道："自杀了？"

不是"被自杀"吧？

屋内一片沉默，便听窗外的秋风阵阵激烈起来，似有雨意。

林太守皱眉叹道："马云洪昨日下午，便来府衙投案，即在堂上招供画押。林某考虑此人乃朝廷钦犯，事关重大，之后便将其押入死牢，等开封府差人到来解走。不曾料到，昨天夜里，马云洪却在牢中服毒身亡。"

展昭沉吟了一下，即问道："马云洪尸首现在何处？"

林太守道："暂在衙门验尸房停放。"

马汉起身道："林太守，我们去看一看马云洪的尸首。"

林梦轩起身道："我这就带两位大人去看。"

展昭、马汉便随林太守去了府衙后院的验尸房。

马云洪的尸首停在一张木床上，周身已经泛出了黝黑铁青颜色，府衙的验尸官向展昭报告，马云洪确是服毒身亡。经查，马云洪所用毒药为蛇液草，属剧毒，胜过鹤顶红十倍。

展昭、马汉木然站在验尸房内，二人面面相觑。

林梦轩一旁长叹："马云洪自杀，木炭却无下落。"

展昭突然问一句："那线人韩大车可在？"

林梦轩摇头："此人已经失踪，不知去向。"

靠！算是找不到线头儿了！

马汉皱眉问林梦轩："大人可曾审问过牢头，昨夜可曾有人进入马云洪牢房？"

林梦轩摇头："马云洪乃重大人犯，单独关押，断无人能进监探视。而且，我已经亲自审过牢头，他说昨夜绝对无人进监。"

马汉皱眉："若无人进监，他身上的毒药从何而来？"

您总不能说是外星人干的吧？

展昭也疑问："人犯入监，不曾搜身吗？"

林梦轩叹道："蛇液草乃剧毒，米粒大小数枚，便可致人毙命。马云洪身上若藏匿几粒，怕也是不易搜查出的呢。"

马云洪在军统干过？还随身携带自杀的毒药？

展昭怔住。马汉张张嘴，却什么也没有说出来。

屋内一时无言，展昭皱眉，缓缓转身，把目光投向了窗外。

窗外秋雨蒙蒙，人间似隐藏了无限的忧郁。

伍

白玉堂匆匆跳到水里的时候，有人喊他的名字，他醒了，睁开眼，却是一片漆黑，什么也看不到。他动了动，才意识到身上有绑绳。他兀自苦笑了，醒悟到自己还被人捆绑着装在布袋里呢。他大概计算了一下，自己已经被人捆了或有十个时辰了。

喊他的声音不是在梦里，却是真实的。轻轻的、软软的、弱弱的，是一个女子的声音："你是白玉堂吗？"

白玉堂答道："我就是白玉堂。"

女子肯定地说："你是假冒的，你不是白玉堂。"

白玉堂扑哧笑了："你如何知道我是假冒的？"

女人笑道："白玉堂不会似你这样无用，被人绑在了这里。"

白玉堂细细听了，便嘿然答道："白玉堂被人绑了，并不能说白玉堂就不是白玉堂了。敢问小姐的芳名？"

"我是范月婷。"

"那么，昨天傍晚是小姐把我绑进来了？"

"我没有绑你呀。"

"的确是范月婷把我关进来的呀。"

"你说的是那个冒名顶替的范月婷呀。"

"月婷姑娘，你如何让人家给冒名顶替了呢？"

"或许顶替我的人有所图吧。"

"你说的是呢，只是你们捉了我又何必再来骗我呢？"

范月婷疑惑了："我们如何骗你呢？"

白玉堂嘲讽地说道："你现在就是在骗我呀。因为你不是范月婷。"

范月婷疑道："我如何不是范月婷呢？"

白玉堂讥讽道："至少，范月婷是个女人，你却是个男人。"

范月婷惊讶了："你……如何听出我是男人？"

白玉堂哈哈笑道："有道是耳听是虚，眼见为实。这话对吗？"

范月婷道："当然对了，你既然看不到我，如何就认定我是个男人呢？"

白玉堂笑道："如果你逼迫我眼见为实，那么，我就认真……看看你吧。"白玉堂话音落地之时，破空有了几声闷响，白玉堂已挣断了绑绳，但看那布袋瞬间四分五裂，变成一堆碎片。

白玉堂笑嘻嘻地站在了院子里。他稍稍活动了一下臂膀，仰头看看天，已经又是夕阳西下之时——他被人绑了一天一夜。

白玉堂的面前是一个年轻的汉子，大惊失色地看着白玉堂。

白玉堂冷笑道："这一番果然是眼见为实了吧。"

那汉子点点头，用力咳嗽了一声，便有四个庄客手执砍刀从房顶跃下，围了白玉堂。

白玉堂一笑："你们还有埋伏？"

那汉子并不搭话，一挥手："砍了！"

那四个庄客便凶猛地扑上来，四把刀闪着寒光，同时砍向了白玉堂。

白玉堂皱眉："果然歹毒，未曾说清楚，便要伤人性命。"话音未落，他已经闪电般出手，四个庄客先后四下跌了出去。

那汉子惊讶，转身就想跑，却被白玉堂纵身一步，伸手抓了个结实，再一用力，那汉子便被掼倒在院子里。

白玉堂一脚踏住汉子，低声笑道："你这厮还想跑吗？"

汉子恐慌地说："白玉堂，你如何就能挣脱了呢？"

白玉堂冷笑："这几条破绳子能捆你白爷吗？若要想活命，你就不要吵闹。"

汉子惊异地点点头。

白玉堂再伸手将汉子拎起来，低声问道："你是谁？"

汉子低声答道："我叫张五多，是范家的账房。"

白玉堂皱眉："账房？你为何要装扮范月婷的声音？"

张五多苦笑："回白爷的话，我有些口技家传。范姑娘让我学她的声音来套你的话儿。"

白玉堂问："是谁假扮的范姑娘？"

张五多摇头："没有假扮，你昨天见到的就是范姑娘。"

白玉堂皱眉："你说什么？绑我的是范姑娘？"

张五多没有说话，就听到有人轻轻说道："且住手，放了张先生。"是一个女子的声音。白玉堂转过头去，见昨天那个范月婷款款走过来，在白玉堂面前停下。白玉堂一松手，张五多急忙走远。范月婷点头："张先生且一旁站过。"说罢，朝白玉堂深深施了一礼："范月婷拜见白五爷。"

白玉堂却不还礼，他纵身跃起。因为范月婷施礼的同时，她的衣袖里射出了两只暗器，就在白玉堂脚下飞过，钉在了院墙上。

白玉堂冷笑道："想不到呢，姑娘的暗器功夫有着范家弹弓的神韵呢。"

张五多在一旁怔了："这回……果然是白玉堂？"

白玉堂冷笑："如何认定我是白玉堂了？"

范月婷点头："能识破我这暗器来历的，只能是白玉堂白师兄了。"

白玉堂也点头："姑娘刚刚说这回果然是白玉堂了，莫非还有一个白玉堂？"

范月婷顾不得答话，深深施了一礼："师兄，先请恕小师妹冒失了。"

白玉堂哂笑了一声："你这个小师妹切莫再要发暗器了才好。"

范月婷尴尬地一笑，随即郑重说道："师兄请客厅里说话。"

　　……客厅里有埋伏吗？

陆

夜，应该是从掌灯时分开始的。

掌灯时分，劳作了一天的庄稼人就歇息了。

城市的夜，总要比乡间的夜降临得晚些。

掌灯时分，城市的夜还不会歇息，阜阳城内的西大街正是热闹如白昼的时候。西大街是阜阳城的美食一条街，各家饭庄此时必定要拿出各自的特色招徕顾客。于是，每天黄昏之后，外来的游人商旅、本城的休闲阶层或劳心劳力了一天的差人衙役，便会熙熙攘攘蜂拥到西大街。各家饭庄的门前，必定是摩肩接踵，人头攒动。

阜阳果然是个商业繁华的城市。

奇怪呢，西大街却有一家字号"马氏私房菜馆"的门前，竟然一个食客也没有。

为什么？

马氏私房菜馆已经关门歇业了两天。门口挂出牌子：

店内装葺，暂停营业！

马氏私房菜馆的老板名叫马更玉。

马老板原是阜阳城里有名的牲口贩子，从塞外往内地贩运了数不清的骡马牛羊。后来或是钱挣多了，腿脚便懒了，不再南来北去，便改行做了饮食。阜阳城内有他好几家饭庄呢。马氏私房菜馆是他开的最大的餐馆。

马氏私房菜馆是个五进两出的宅院，很是气派。前身原是一家面粉商行，老板姓张。四进五进的屋子做了面粉仓库，临街开一个门脸，卖些炊饼面条之类的主食。那一年因为计算不到，商行里的面粉积压过多，周转资金不足，生意便是亏欠了，债主逼得紧，张老板急得牙疼，却也无计可施，便将这面粉商行作价，过户给了正在扩大经营的马更玉。马更玉接手后，便将院子改造了，开了马氏私房菜馆。

马氏私房菜馆挂出装修停业的牌子，其实并没有装修。为何？

<blockquote>读者莫急，后边再说。</blockquote>

此刻，马老板点了一只马灯，孤孤地坐在餐厅里喝茶。

灯光很暗，马老板的身影被扑闪的灯火照射到墙壁上，晃来晃去，似贴在上边的幽灵，十分诡异。

值更的伙计马六，发现今夜马老板有些心神不宁。马老板今夜确有事情呢，他要等一位从未谋面，却让他十分敬畏的客人上门。马老板快把一壶茶喝得没了滋味的时候，才听到有人敲响了街门。

马六提着马灯开了街门，一个黑影儿鬼鬼地探头问了一句："马老板在吗？"

马六不曾答话，马老板已经听到，慌忙起身说道："李老板来了，快请进。"说着话，便提着马灯，惶惶地迎到了街门前。

李老板便大步走进店来。马老板带着马六，引李老板到餐厅的桌前坐了，两只马灯照亮，马老板打量了一下，李老板竟是一个身材魁梧的老汉，胸前白须一绺，颇有些仙风道骨的样子。

李老板也打量了一下马老板。马老板长着一张四方大脸，一双细长的眼睛似笑非笑。

李老板打了一个哈欠问道："白玉堂去范家庄了吗？"

马老板乐呵呵地说道："他已经去了，范家庄的事儿也完全安排好了。您这里安排好了吗？"

马六把茶端上来，李老板端起茶碗呷了一口，又问道："陈阳的事情快完工了吗？"

马更玉点头："差不多了，就这两天的事儿了。"

茶的味道不错，李老板又呷了一口："还是快些好，时间久了，怕是要招惹衙门猜忌呢。"

马老板有些生气了："谁说不是呢。可是这些人就是肉头。"

李老板摆摆手："马老板呀，且不说这些了，他们何时能够到达我们预定的地点呢？"

马老板想了想："若不出意外，大约在明日傍晚。"

李老板尖声笑了："好啊！好呀！明天晚上，好戏就要开场了呢。"说罢，饮尽了碗中茶，扬手便将茶碗摔在了地上。

一声粉碎的脆响，四散开来。

这只茶碗是真正的定窑，马更玉心疼得心里冒血，他不敢对李老板发作，却想抽自己的耳光，怎么就忘记了呢，都传说这位李老板有个怪癖，高兴了就摔茶碗呢。

马六一旁惊得目瞪口呆，这只定窑茶碗，是马老板的心爱之物呢，平日里伙计们连摸一下都不让呢。怎么……就让这位给摔了呢？这位什么来头儿呀？

弹幕：不会是哪位犀利哥串错门儿了吧？

柒

范月婷款款引着白玉堂到客厅坐了。

阳光由窗上收敛，天色悠然暗下来，一个下人悄然掌灯上来。

白玉堂借着灯亮，四下打量了一下范家的客厅，他心中扯动了几丝忧伤。厅里的布置竟然还是当年范万里在的模样。物仍是，人已去。这番情景正是难言呢！

|　唉，提不得，当年今日此门中……

张五多微笑着招了招手，又一个下人模样的汉子把茶端了上来，就在一旁侍立。

张五多笑道："姑娘，白爷，你们请用茶。"

范月婷接过茶，饮了一口，放到桌上，似看出了白玉堂的心事，便淡然说道："家父见背之后，我还是保持了客厅原来的样子。"

白玉堂呷了口茶，放到桌上，长叹一声："人生如白驹过隙，转眼师父已经过世九年了呢。"

范月婷脸上就有了哀伤的样子，轻轻叹了一口气："父亲走那年，正是个雪天。那场雪一直落在我心里。这么多年了，雪飘飘落落，从来没有歇止过。"

白玉堂或是不愿再看范月婷忧伤，即转了话题："师妹，你刚刚说，有人冒充我的名字来过？"

范月婷点头："五天前，先后有两个年纪与身材都与师兄相仿的男子登门拜访，都自称是锦毛鼠白玉堂。"

白玉堂惊讶："他们冒充我来此，所为何干？"

范月婷摇头："我也不知。"

张五多一旁说道："第一个来时，言语尚且得体，过了一日便露出马脚。我们追问他，他却冒死杀了一个仆人，便逃了。"

白玉堂皱眉摇头："可恶。"

张五多继续说道："第一个逃走后，第三天又来了第二个白玉堂。并与姑娘说得热乎，且说当年与范师父学艺的往事，我们听得有些水分，姑娘便打了一个弹弓，他却是一窍不通。我们当下便识破他，便把他绑了。谁知道，这人却是精通缩骨之法，半夜逃了出去。他逃走刚刚两日，白爷就上门来了，不得不让我怀疑呢。只好先绑了再说。抱歉了，白爷。"说到这里，张五多有些尴尬地笑了笑，欠身施礼，便站到了一旁。

白玉堂沉思了一下，不再理会张五多，转身问范月婷："师妹呀，这二人的来历你可想过？"

范月婷皱眉摇头："我一无所知。"

白玉堂又问："范家庄最近可有陌生人进出？"

范月婷皱眉道："师兄莫怪，小妹多是足不出户，若有来路可疑之人进出庄子，却也不知呢。"

白玉堂哦了一声，看了看范月婷："师妹可知道近日范家庄可有官府中人来过？"

范月婷蹙眉道："如何问起这个？"她说到这里，却有点昏睡的样子，手扶了额头，倚在桌上。

白玉堂呵呵笑道："我只是随便问问罢了。"

张五多一旁皱眉："听白爷的话头儿，范家庄却似乎还要有怪事发生呢？"

白玉堂讥讽地笑道："怪事多多，怕是大事在后边呢。"

张五多听得纳闷儿，再问一句："白爷所指大事是什么呢？"

白玉堂摆手笑道："不可说，也不好说呢。"

张五多哦了一声，近前端起桌上的茶碗，双手递上："白爷，您用茶……"

白玉堂便起身去接，他竟没有接到茶，只听到茶碗落地后清脆的声响，因为，张五多送过来的不是茶碗，而是双拳。张五多这招式名叫双峰贯耳。突发之间，却是极阴毒的一招，张五多如若得逞，白玉堂必定轻则重伤，重则毙命。

白玉堂双手化了一个名叫大鹏展翅的式子，去接了张五多的双拳，转瞬之间，只听咔嚓两声，如树枝折断的声响，张五多的双臂，已经被白玉堂生生拧断。

白玉堂想笑笑，如此偷袭，也太过拙劣。然而，他却没能笑出声来，他着实惊愕了，他没有听到预料中的惨叫，按照他的经验，凡是被他用此招制服的对手，无不痛苦万分。

白玉堂却真实地看到，张五多面带微笑，似一袋被推翻的粮食，面无惧色地倒下去了。

两个一旁侍立的下人，也拔拳冲上来，白玉堂微微皱眉，便纵身跃起，似鸟儿般轻盈，连环脚却已经闪电般踢了出去，只听到皮裂骨断的声响，那两个汉子已经倒在地上。白玉堂怒声喝道："讲！你们是何许人也？"

那两个汉子已经筋裂骨断，瘫软在地上。奇怪的是，这二人却也是面色如常，一言不发。

张五多动弹不得，却也是一言不发。

白玉堂顾不及多想，转身再去看范月婷。范月婷已经昏迷了，倚在了桌上。

白玉堂怔了一下，似有所悟，他急步走出了客厅，直奔院中去了。

院中只有两个目瞪口呆的庄客，拎着马灯，傻傻地看着白玉堂。

白玉堂大喝一声："靠墙蹲下！"

两个庄客便听话地靠墙蹲下了。

白玉堂再转身回到客厅时，范月婷已经醒来了，面色苍白地看着白玉堂，目光一片迷离。

白玉堂皱眉问道："师妹，这到底是怎么回事？范家庄发生了什么？"

范月婷苦笑道："师兄，这其中的变故一言难尽啊！"

白玉堂笑道："是啊。"

范月婷疑道："师兄，你如何就怀疑张五多了呢？"

白玉堂笑道："我被你们用布袋捆了之后，张五多便来试探。后来他不提防，我挣脱出来，将他打倒。后来你出现，你对他十分客气，我便看出了蹊跷，如何一个主家会对一个下人如此客气呢？二则，你称张五多'先生'，试想，天下哪有主人称下人为先生的呢？三则，本来刚刚你与我叙旧，张五多就应该回避，他却带着两个仆人站在一旁，按照常理，如果伺候姑娘的下人，当为丫环，如何竟是两个精壮的大汉呢？也让我怀疑。四则，我与你说话时，张五多在一旁总是插嘴，或是怕你说错了什么？我便怀疑你已经被人挟制了。刚刚的茶水，他迫不及待要我喝下，我便认定此人绝非善类。"

范月婷点头称赞："师兄果然洞察。家父在世时常说，'眼明心亮'四字说来容易，做到却是难了。"

白玉堂皱眉："师妹呀，我却有一事不解呢，张五多与这两个庄客，如何被我拧断臂膀，竟然毫无痛苦之色呢？"

范月婷疑惑："有这种事？我也不解呢！"

白玉堂点了点头："且不说这个了。师妹，你如何被这些人挟制了呢？庄里发生了什么事情？这些人都是些什么来历？"

范月婷长叹一声："说来奇怪，只是近十天来，这庄里来了一些身份不明的人。他们也到了我家，先说是家父的朋友，后来就威胁我，一切都要听他们的。也确实来过两个名叫白玉堂的。败露后，先后都逃走了。我一切恍惚在梦中。"

白玉堂苦笑了："真是难为师妹了呢。"

范月婷摇头叹道："还是要感谢师兄呢，若不是你来，我现在还要被这些人挟制呢。"说罢，便起身道："师兄呀，先把我那几个真正的下人放出来吧。"

白玉堂点头："说的是呢。"

白玉堂随范月婷去了柴房，放出了几个被关在里边的下人。为首的是清瘦的老汉，额下一绺白须飘洒，朝白玉堂拱手致谢。

范月婷笑道："这才是真的张五多，是我家的老佣人了。"

张五多上前，拱手谢道："多谢白义士相救。"

白玉堂怔了一下，便笑道："五多呀，想不到你是这把年纪了。"

张五多面带愧色："小老儿无用了，多亏范姑娘收留呢。"

白玉堂笑道："五多呀，客厅内有三个废人，你且带到柴房去吧。把院中洒扫一下，明天，怕是真要有客人上门了呢。"

张五多答应一声，便匆匆去了。

范月婷愣住了："师兄，又会是什么人来呢？"

白玉堂摇头笑了："或是师妹命中注定。师妹小心，来者鱼龙混杂呀。"

捌

相亲的车队已经走了五天。

一路上平安无事，就进了阜阳地界。临近黄昏的时候，天色竟阴沉下来，晚风儿也渐渐吹得紧了，草木慌张，一派雨象。

卢方仰头看天，见抱团儿的乌云失魂儿般在空中匆匆赶路。他心下便着实起急了，当即传令下去，让车队先在路边暂且歇了。私下寻思，躲过了这场雨再起程。

区化龙从轿子里探出头来，皱眉道："怎么停下了呢？"他仰头看看天，又看看陈小三，便说："小三呀，要下雨了呢，得让他们赶快走路呢。"

陈小三点头道："少爷放心，卢护卫或是有安排呢。"说罢，便对蔡越说道："蔡师傅，你去告诉卢护卫，就说少爷要快些赶路呢。"

蔡越答应一声，便催马向前去了。

蔡越跑到队伍前边，便对卢方说道："卢护卫呀，如何停下来了呢？区公子催着赶路呢。"

卢方皱眉："这天色不好呢。我想躲过这场雨再走呢。"

蔡越正要再说，前边探路的捕快就飞马来报，说再有十余里，就到阜阳城，便可寻一家客栈住了。

卢方听罢，便欢喜了，下令车队莫再歇脚，快些赶路。或是能在雨前赶到阜阳城呢。

车队匆匆行进，就有零星的雨点儿落下来，再走，便经过一片树林，林中茂密，道路弯曲，卢方心下起疑，便让车队且停下，即派探子进树林去看看，探子还没有抬脚呢，就听到了树林里响起一声尖厉的口哨。

众人抬眼去看，十几个身穿黑色箭衣的大汉跃出树林，手执刀剑，气势汹汹地拦住了车队。

卢方见状，心下倏地一紧，便想到包大人临行前的叮嘱，莫非是野驴？他翻身下马，朝十几个黑衣人拱手，呵呵笑道："几位阿哥，什么来路？报个万儿吧！"

为首的黑衣人冷笑道："没什么来路，劫道！"

> 靠，你也太直接了，含蓄点儿能死呀？

卢方嘿嘿笑道："几位若是劫道，便是走了眼，这是去外埠相亲的队伍，并不是镖车。还望几位通融，俗话讲：宁伤两个神，不伤一门亲。诸位闪个道儿，交个朋友吧。"说罢，从怀中掏出一锭银子，扬手扔了过去。

银子在空划了一个漂亮的弧线，为首的黑衣人伸手接了，掂了掂，便嘿然笑道："银子倒是真的，只是这点儿银子就想打发我们，岂不是过于小气呀。"

卢方讥讽地笑道："如此说，几位的胃口确是不小呢！"

为首的黑衣人凶凶的目光盯着卢方，冷笑了一声："卢方护卫说得不错，我们在此候了多时，要打劫的正是这趟相亲的车队。想那区少爷的车中，一定是装满了金银，为的是在朱小姐家里显摆一下。卢护卫若能把这些金银留给我们，我们自然不会为难。"

卢方听到对方喊出自己的名字，心下一怔，便明白这些黑衣人并不是普通劫路的毛贼，当是有备而来。他冷笑一声："几位的胆子果真是太大了些呢，我想，如果你们真是来劫道，也应该看看行情。你们若是也有些来历的，先亮个万儿吧？"

为首的黑衣人笑道："卢护卫果然爽直，却是弄差了，似我们这些剪径为生的人物，如何还留下姓名？莫要啰唆了，过招吧！"说罢，打了一声尖尖的口哨，十几个黑衣人便挥舞着刀冲上来。再听到一声尖厉的口哨，树林里又跃进二十几个身穿黑色箭衣的大汉。

卢方看得一怔，心中稍稍吃了些惊诧，他没有想到这树林里埋伏着这许多强人。他大喝一声："保护好区公子。"

蒋平、徐庆、张龙、赵虎便站在了区化龙的前后左右。蔡越、李冲也拔出刀剑，带着十几个护卫把区化龙团团围定。

零星的雨点儿变得密集了，嘈嘈切切，珠滚玉盘一般落下，争先恐后地砸在马车上。

卢方愤然喝道："呔！大胆的毛贼，你们若是自来寻死，便是怪不得卢某了。"他霍地拔出刀，挺身上前。他身后捕快们也都奋勇挥刀上来，与黑衣人们战成一团。

一时间，刀剑的撞击声连珠般暴响起来。雨越发下得急猛了，两下里却斗得更紧，黑衣人毕竟人少，斗了片刻，便见落败，已经有三个黑衣人被捕快们砍倒。两个黑衣人各被卢方砍断了胳膊，却是一声不吭，仍然单臂与卢方格斗。卢方大为惊骇。

为首的黑衣人却打了一声口哨，再喊一声："风紧！扯乎！"

黑衣人便一拥而上，拖起倒地的黑衣人，惊猿脱兔般退入了树林深处。捕快们就要奋力追进去，卢方却大喊了一声：

"勿追！"

徐庆过来问："大哥，何不乘胜追杀这些毛贼呢？"

卢方四下看看，便说道："三弟，此地偏僻，情况不明，我们赶路要紧。"

蔡越也赶过来催促："卢护卫，险地不可久留啊！"

卢方便翻身上马，招呼了一声："加快速度，穿过这片树林！"

车队便在风雨中匆匆前行了。

玖

展昭、马汉怏怏回到开封府，向包拯详细报告了马云洪的死因。

包拯听罢便皱眉道："此案颇多疑点呢。马云洪既然已经自首，且招供画押，为何还要自杀？于情于理，确有些不通呢！"

公孙策问道："马云洪的确死了？"

展昭点头道："淮阳府衙的验尸官虽然向我们报告了验尸结果，我与马汉还是亲自勘验了马云洪的尸体，确是自杀无疑。"

马汉却笑道："包大人，马云洪虽然自杀，他却已经写了供状。此案可告破了。"

包拯看着马汉，淡然笑道："供状虽然有了，可是木炭呢？你马汉知道去处吗？不见赃物，何言告破？"

马汉挠了挠头，皱眉道："鬼知道马云洪把木炭藏匿到哪儿了？五千斤呢，这厮如何藏匿呢？"

展昭看了看包拯，欲言又止。

包拯笑道："展护卫或有话说？"

展昭看了看公孙策，讥讽地说了一句："耽搁了这多日子，或是这木炭早就被贼人运送出城了呢。"

包拯皱眉："展护卫此话何意？"

公孙策尴尬地接过话头说道："大人莫要怪，展护卫认定是我酒后耽误了案子，使得窃贼有了转移赃物的机会。"

包拯听罢，怔了一下，便哈哈笑了："展护卫呀，莫要错怪公孙先生，此案并没有在公孙先生那里耽搁。其实，姜连胜报案那天，公孙先生就告诉了我，因事关重大，我知会了大理寺，并在各个城门暗中严加盘查，绝对没有木炭运送出城。只是当时没有让公孙先生告诉你们罢了。那天派你们去薪炭局勘查，案子已经发生半个月了。"

展昭听罢，脸上便有了尴尬，对公孙策笑道："原来如此，展某蒙在鼓里，好是对公孙先生有一番猜测呢。"

公孙策摆手笑道："还望展护卫谅解呢。大人不让我将此案告知诸位，我也不好多言呢。那天只好胡言乱语了几句，搪塞过去，便是有了欺哄的意思。抱歉了。"

展昭疑惑道："大人，此案为何如此保密呢？"

包拯轻轻叹了一口气："展昭呀，你有所不知，此案看似不大，区区五千斤木炭嘛。可背后是什么呢？我却有些隐隐的忧虑，或是案子背后，我们尚不知晓深浅呢。所以，我让公孙先生保密了几天。这些不再说了，且说眼下，你对此案有何见解？"

展昭道："此案的确蹊跷，我有二疑。一疑，我路上仍然在想，若马云洪果真是监守自盗，事发之后，他闻风潜逃，就应该躲避才是，为何频频在赌场亮相呢？二疑，他若真到淮阳府自首，而且供罪画押之后，为何还要自杀呢？"

包拯冷笑了一声："马云洪只是被人利用罢了，他的身后有推手。"

公孙策笑道："真正的窃贼也应该出场了。"

展昭疑道："莫非大人已经知道窃贼是哪个了？"

公孙策一旁笑道："窃贼却是不当紧，一定先要找到木炭的下落。"

马汉摇头皱眉："公孙先生讲笑话呢。若不抓到窃贼，又从何处去找木炭呢？"

公孙策淡然说道："马汉呀，自古破案通例，或是捉贼寻赃，或是寻赃捉贼。若是寻到木炭，那贼人还能跑吗？"

包拯突然问道："展昭、马汉，你二人觉得林梦轩太守如何？"

展昭道："此人温文尔雅，颇有学识。"

马汉一旁笑道："林太守对我们很客气。大人的意思是问……"

包拯笑道："我只是随口问问而已。"说罢，对公孙策说道："公孙先生，说说姜连胜这个人物吧。"

公孙策皱眉道："姜连胜这个人也颇有些文章呢。包大人命我到吏部查过档案，此人却不在册，据说是马云洪私下聘用的一个亲戚。"

马汉惊了："不在册？"

临时工？

展昭皱眉道："马云洪的亲戚？马云洪私下聘用？吏部从未有

过这种规矩呢。"

公孙策道:"吏部对我讲,三年前,朝廷由于开支过于庞杂,国库渐有空虚,财政不免捉襟见肘。户部便有了一个不成文的章程,一些闲杂衙门,用人可自行调配,但规定有职无品。户部每年所划拨的俸银总额也不再增加。故此,一些类似薪炭局这样的衙门,便自主调配许多所属人员,其用度开支,自行解决。姜连胜或是这样一个有职无品的小吏。"

马汉讥讽地笑了:"如此用人,各个闲杂衙门不仅卖了人情,朝廷也算是节约了银子呢。"

> 类似如今那些事业单位中"自收自支"的人员?

包拯的脸色便阴沉下来:"听来让人气愤。如此做法,自古从没有先例。户部也果然是生财有道啊。"说到这里,他讥讽地一笑:"展昭,你与马汉再去薪炭局,把姜连胜大人请到开封府来,我请他喝茶,有话要问他。"

> 指定地点喝茶,要"双规"?

展昭与马汉答应一声,便下堂去了。

公孙策看着展昭与马汉的背影,便问包拯:"大人,你对林梦轩有何感觉?"

包拯皱眉:"我只是感觉这个马云洪死得过于奇怪了呢。林梦轩便显得奇怪了。公孙先生,本朝比不得先皇时代,一些官吏的来路确乎有些莫名其妙了呢。"

公孙策点头："的确，这个林太守的态度直是让人生疑了。马云洪既然已经投案画押，为何还要自杀呢？林某人是如何看管的呢？大人的意思是，马云洪不是自杀，而是谋杀？或者说明白了，与林梦轩或有关联？"

包拯摆手："眼下还不好说，待姜连胜到了，我们详细问问，或是能够问出些蛛丝马迹呢。"

公孙策点头称许："详问初时问详人。"

包拯似有心事，虚乎着目光，手捻胡须想了想，便转身问公孙策："公孙先生，卢方他们今天应该到哪儿了？"

公孙策想了想，说道："若是没有意外，按照他们的脚程计算，他们应该到了阜阳城。"

包拯点了点头，意味深长地笑了："也应该有些事故了呢。否则，就不正常了。"

拾

雨似赌了气，不肯歇劲儿，越下越大。

天也在雨中渐渐黑下来了。

道路上深深浅浅，一片泥泞。行进的车队便在雨中紧一步，懒一步，没了速度。

人在囧途啊！

区化龙心下着急，让李冲与蔡越去寻卢方商议。

李冲抹了一把脸上的雨水，对卢方说道："卢护卫，这雨太大了，要加速赶路。区公子着急了呢。"

蔡越撇嘴说："李冲呀，你说的扯淡话呢。这风雨天气，便是如何加速，也赶不到阜阳城的。"

李冲怒道："蔡越，如你这样说，便是要在雨地里过夜了呢。"

蔡越恼道："我何时说要在雨地里过夜？天色已晚，就在附近的庄子歇了。"

卢方摆摆手，打断了二人的争执，皱眉说道："附近或是有庄子。"便让探马去前边看看。

李冲说道："我粗粗计算了一下，此处距离阜阳城大约还有二十余里呢，若是加速赶路，还是可以进城的呢。"

蔡越讥讽地说："即使赶到，怕是也叫不开城门呢。即使叫开城门，进城也要到后半夜了。"

卢方皱眉道："雨中行路，这偌大的队伍，必是迟缓呢。且等探马回话吧。"

片刻工夫，探马回来了，报知卢方，前边是范家庄。

卢方便派蒋平去寻个地保过来。

不多时，范家庄的地保慌慌地提着马灯，随着蒋平来了，地保三十多岁的样子，通了姓名，姓罗。罗地保对卢方道："不知诸位大人到此，请恕罪呢。"

卢方忙道："我们办差赶路，一时误在这途中了。眼看这雨越下越大，就在范家庄暂且歇了。还麻烦罗地保给安排一下住宿。"

罗地保皱眉道："范家庄是个百十户的小庄子，没有大户宅院，诸位大人只能分家住了。"

卢方道："说的是。罗地保且安排吧。"

罗地保笑道："那就委屈诸位大人了。"

卢方道："烦请地保头前引路吧。"

车队就在雨中向范家庄去了。

雨急风急，上天或有深意？

壹壹

按照时间计算，应该是在卢方向范家庄行进的时候，姜连胜被展昭、马汉带到了开封府。

公孙策代包拯下堂迎了，便请姜连胜坐了。

姜连胜小心翼翼地问道："包大人，应该说的，我都说了。不知大人还要找我问什么呢？"说罢，他抬头望望窗外，时为黄昏，暮霭似一张硕大的网，笼罩下来，姜连胜感觉自己落进了这张网里。

有两个衙役掌灯上来了。灯光在姜连胜脸上一扑一扑，显得十分吊诡。

包拯淡然一笑，便手捻胡须淡淡说道："姜大人，莫要紧张，老夫请你来，只是想再当面问问这木炭失窃的事情。"

姜连胜点头："大人问就是了。"

灯火有些弱，窗子没关，有风时时扑进大堂，灯火时时扑闪，继续在姜连胜脸上惊异地晃动。

包拯看了一眼公孙策，公孙策会意地一笑，便问道："姜大人，你刚刚说，'应该说的，都说了'，莫非姜大人还有什么不应该说的吗？姜大人不妨也说出来，给包大人听听。"

姜连胜的神色便有些慌乱了，他忙摆手道："包大人，姜某不是这个意思。"

包拯目光如炬，盯着姜连胜，缓缓地点了点头："哦，我明白了，刚刚是姜大人一时口误。"

姜连胜用力点头："就是，就是呢。"

包拯哦了一声，看看窗外，便笑道："今日晚了些，或许姜大人要好好想想呢。公孙先生，留姜大人在开封府吃晚饭吧。"说罢，便起身去了后堂。

姜连胜醒悟过来，着急地说："包大人，姜某还要回去，薪炭局还有许多公务……"

公孙策笑了："姜大人，切莫着急，薪炭局的事情，包大人已经请示了吏部，自有人替你料理呢。你就安心在这里住下。"说罢，看看堂下站着的展昭、马汉："二位，带姜大人去吃晚饭。"

说罢，公孙策也转身去了。

姜连胜呆坐在大堂之上。或许，他此时才明白，他被开封府收审了。展昭与马汉走过来，马汉生硬地说一句："走吧，姜大人。"

姜连胜轻轻叹了口气，神情沮丧地站起身来。

唉！这就算是"双规"了？估计没咖啡。

壹贰

车队进入范家庄的时候，雨已经停了，天色也渐渐暗淡下来。罗地保提着马灯，头前引路，卢方带着徐庆、蒋平到村子走了走。卢方便让罗地保把一百多辆车，分成几组安排到各户。卢方将一干捕快分别安排守卫了。他将区化龙安排在一个大户人家，让李冲与蔡越与区化龙住在一个院子里，并让张龙、赵虎住在隔壁的人家。

一时间，百十户的范家庄便拥挤得满满当当了。

卢方带着徐庆、蒋平依次检查各户，走到一户人家时，院中笑吟吟站着一个人，手提着马灯，望着卢方三人，似有话要说呢。卢方张眼一看，登时呆了，他大叫了一声："五弟？哎呀！真的是你！"

白玉堂朗声笑道："三位哥哥呀，不是玉堂还能是哪个？凭空在这里见面，或是梦中？"

徐庆、蒋平也呆住，同时笑道："真是玉堂呀！"

卢方上前一步，握住了白玉堂的双手，徐庆、蒋平也上前，捉了白玉堂的肩膀。徐庆哈哈笑道："五弟呀，似是上天安排，我们兄弟快有一年不见了，竟然在这里见面了呢。"

卢方感慨万端："或是上天的安排呢。"

白玉堂笑道："大哥说的是呢，或真是上天的安排呢。你们如何到了这里呀？"

蒋平高兴地笑道："五弟或是听说我们要来，便在这里等候呢。"

徐庆欢喜地笑道："老五呀，先说说呢，你如何到了这里？"

正在亲热说话，罗地保就小跑着来了，罗地保告诉卢方，各家都已经安排夜饭。问卢方几位在哪里用饭。卢方刚刚要说话，范月婷款款地走了出来，白玉堂忙把范月婷给卢方、徐庆、蒋平介绍了。范月婷与三人见过礼，便对罗地保笑道："罗阿哥，你且去安排旁人吧。这几位差官，是我师兄的朋友，便在我这里用饭了。"

罗地保便应声去了。

徐庆惊讶："五弟呀，你何时有这样一个鲜亮的师妹呢？"

蒋平也笑："总不是从天上掉下来的吧？"

范月婷微笑不语。

白玉堂便简单说了当年拜范万里学弹弓的事情。范万里当年曾是江湖上大名鼎鼎的人物，谁人不知呢？卢方三人感慨了一番，与范月婷重新见过礼。

卢方笑道："范姑娘，真是给你添麻烦了。"

范月婷笑道："卢护卫不要客气，师兄的三位哥哥，自然是家里人了呢。"

说着话，张五多便笑嘻嘻地过来了，他对范月婷说，已经把饭菜做好了，已在客厅摆了桌子，请大家入座。

几个欢喜着到客厅坐了。

徐庆笑道："玉堂呀，咱们多日不见，今晚就痛饮一番吧。"

卢方忙道："三弟呀，公务在身，喝酒的事儿就免了吧。"

徐庆撇嘴道："不就是送亲吗，大哥真是有些草木皆兵了呢。"

卢方皱眉："三弟呀，傍晚时候，那些黑衣人就是有备而来呢。包大人临行叮嘱，咱们一定要加倍小心才是。让五弟说说，是不是这么一个道理吗？"

蒋平笑道："大哥呀，我且打个折中，卢大哥不饮了，我们小饮几杯便是。"

范月婷也笑道："卢大哥，不妨让他们饮几杯吧。我这里有几十年的窖藏呢。"

卢方尴尬地笑道："既然范姑娘都说了，你们便喝几杯吧。切不要多饮，明天还要上路呢。"

徐庆欢喜了："大哥这一路上，话说了千句百句，只有这一句，真说到徐庆心上了。范姑娘，取酒来吧！"

范月婷便让张五多上酒。

张五多欢快地答应一声，便让家佣取来一坛酒，张五多亲自启封，酒香便满了厅堂。徐庆率先叫道："好酒呢！"

卢方近前嗅一嗅，忍不住称赞一声："果然好酒呢。我肚中的馋虫都被引上来了呢。"

张五多笑道："这酒是我家老爷生前的窖藏，小姐拿出来，也是一片心意呢。"

范月婷笑道："诸位哥哥，但请品尝。这酒确是家父当年贮藏下的，计算一下，也有五十年以上了。"

> 唉！能不好喝嘛！五十年窖藏，乖乖！放到现在得多少钱一斤呢？这一坛子酒起码十几斤呢，得值多少钱？得换几套房子呀？
> 范月婷……你真是个任性的大方人儿呀！

徐庆惊讶地张大了嘴巴："五十年窖藏？天爷呢，若要拿到东京的酒市去沽，百十两银子也是它呢。任是王公贵族喝了，也是一个奢侈呢。"

范月婷淡然一笑："且不管它奢侈不奢侈呢，英雄遇美酒，诸位哥哥喝了，便是价值实归了呢。卢大哥，你不妨也小饮一杯，味道确是上品呢。"

卢方尴尬地一笑："谢谢范姑娘美意。卢某恭敬不如从命，小饮一杯便是。"

徐庆击掌笑道："大哥，这才是嘛。"

张五多与范月婷耳语了几句，范月婷点头笑了，便对卢方道："卢护卫，不妨将区公子也请来，一同饮几杯？"

卢方忙把手里的酒杯放下，点头笑了："还是范姑娘想得周到。区公子一路劳累，也请他饮几杯，去去这雨天的寒气。四弟，我们一同去请他。"

卢方便与蒋平去了，不一会儿，区化龙欢喜地随卢方、蒋平来了，身后跟着陈小三与月秋香。

区化龙朝范月婷拱手笑道："多谢范姑娘盛情款待呢。"

范月婷摆手笑道："说不上，荒郊村落，区公子且将就些吧。"

说着话，冷拼热炒便前呼后拥地上了桌。范月婷依次斟了酒，举起杯朝众人笑道："诸位哥哥，小妹敬一杯了。"便一饮而尽。

众人便举杯饮了，都赞叹果然好酒。

区化龙更是赞不绝口："想不到呢，这荒野村庄，竟有如此美酒。直让人刮目相看了。"他转身对站在一旁的陈小三、月秋香笑道："小三呀，你与秋香也小喝一杯吧。果然是美酒呢。"

陈小三忙说："少爷喝吧。我已经吃过了。"

> 这个陈小三懂事儿呀！点个赞！不似现在一些领导跟包儿的，或是司机，或是秘书，饭桌上全然不讲姿态，比领导吃得还急！还凶！

月秋香抿嘴窃笑，站到一旁去了。

白玉堂见状笑道："陈小三，公子让你喝，你就喝一杯嘛。"

陈小三急忙摆手笑道："白爷，我一个下人可真不敢造次呢。做下人的，最忌讳蹬鼻子上脸呀！"

众人听得哈哈笑了。

酒饮得香甜，话说得稠密。一会儿的工夫，一坛酒已经尽了。范月婷便喊张五多，再取一坛过来。卢方却急忙拦下了："范家妹子呀，酒是好酒，却是不能再饮了。明日一早，还要赶路呢。"

区化龙也摆手道："美酒当适量，多饮便是暴殄天物了呢。"

蒋平也道："月婷妹子，你一片盛情，我们都心领了。今日到此为止，择个日子，你到了东京，咱们痛饮一场如何？"

> 酒也喝了，就别撩妹了！

范月婷笑道："如此说罢，也就罢了。几位哥哥公务在身，小妹就不再劝让了。"

卢方笑道："月婷妹子呀，蒋贤弟说的极是。今日却不是个喝酒的日子。改日……"说到这里，卢方忍不住打了一个哈欠。

白玉堂看到卢方困倦了，便对范月婷笑道："师妹呀，哥哥们一路劳累了。还是让他们早早歇了吧。"

范月婷点头称是，便让张五多给区化龙、卢方三人收拾屋子。

白玉堂让区化龙住到自己的房间。

区化龙摆手笑道："白义士呀，初次见面，这岂能是好呢？我如何也不可占用你的房间呢。"

白玉堂笑道："你们来的人多，这宅子房间怕是不够用呢。我那房子还算舒适，公子若不住，哪个能住呢？"

区化龙高低不肯，范月婷便让区化龙住了前院的一个房间。

见区化龙带着陈小三与月秋香去了，白玉堂笑道："我刚刚也只是与区公子客套，其实，这间屋子应该大哥住下才是呢。"

徐庆笑道："还是五弟想得充分，总不能委屈了大哥嘛。"

蒋平笑道："三哥呀，下世你也当大哥嘛。"

卢方笑道："五弟一片心意，我也就不推让了。我却是饮得有些头晕呢。我先去睡下了。"

说笑了几句，便各自回房歇了。

白玉堂和衣躺下，他后来才知道，他这一觉竟然睡得很沉。他依稀听得到，雨在半夜的时候又渐渐沥沥地下了起来。他朦胧听到徐庆屋里有动静，或是徐庆起来小解了。

夜似胆怯了一般，在雨声中渐渐消退。

真是一个清凉安静的秋雨之夜呢。

突然，白玉堂朦胧中听到一声尖叫，他登时清醒了，努力分辨出是从卢方屋中传来的动静。白玉堂纵身跃起，破门而出，他站到院子里的时候，蒋平、徐庆也都大梦初醒的蒙眬样子，拔刀冲出了屋子。

他们却都怔住了。

此时天已经麻亮了，雨却还零星地落着。院子里，分明看到卢方用刀逼住了一个年轻的女子，这女子身着劲装，一脸不屈的表情。

卢方怒声喝问："你这贼女，从何而来？为何行刺？"

那女子的腿分明被卢方砍中，伤口很深，鲜血淋漓，她却紧闭双眼，一言不发。

白玉堂走近前，便又看到卢方的左臂有血涸出来。白玉堂惊异道："大哥，你受伤了？"

卢方皱眉道："刚刚有两个人进屋行刺。跑掉了一个，这一个却被我捉了。"

范月婷也走出来，她见状惊讶地看着白玉堂："这……"

白玉堂摆摆手，对范月婷说道："且把此人看押了吧。给她敷些刀伤药。"

范月婷招手，张五多便带着几个家佣过来，绑了那女子，押到屋里去了。

范月婷对卢方道："卢大哥，快上些刀伤药吧。"

卢方苦笑一声："那贼女子刺得却是手重呢。"

范月婷便把卢方搀到屋中去上药了。

白玉堂便与徐庆、蒋平到卢方的房间查看。屋中一片凌乱，可以想象刚刚打斗的情景。白玉堂又燃起一支烛火，仔细在屋中观察，他在窗子上看到了有脚踏过的痕迹，他熄了烛火，从窗子跃出，却是到了后院。或是那两个女子是翻墙而过的，他抬头看了看墙院，墙上蔓延的丝瓜枝叶，并无零乱之象。

蒋平一旁皱眉："五弟呀，但凭一夜雨水，任是什么痕迹，也会给雨水冲洗得没了踪影。"

徐庆也凑过来，他似乎仍未睡醒，打了一个哈欠，疑惑道："杀手若不是翻墙而过，他们能从哪里进院呢？"

白玉堂摇了摇头："不好说。"

徐庆疑道："他们为何要行刺大哥呢？"

蒋平摇头："依我看，他们的行刺对象不是大哥，或是玉堂？"

白玉堂冷笑道："四哥说的是，他们并非要谋害大哥，他们只是走错了房间。四哥说的却又不是，他们绝非要除掉白某，他们是要除掉区公子。"

徐庆惊讶："除掉区化龙？老五呀，果然是区家的仇人？"

白玉堂皱眉摇头："此事怕是不那么简单呢。"他不再说话，仰头望天，天光渐渐亮了。秋天的晨风有了微微的凉意。

东西南北中，到处都是坑？

三人刚刚转身要回房间，却听到街门被人用力敲打。

就听到有人高声喊着："卢护卫！卢护卫！"

三人急忙跃窗进了房间，再去开街门，街门却已经被张五多打开，但见张龙、赵虎慌慌地走进来，身后跟着罗地保。

范月婷迎过去，见三人神色迟疑，忙问："有事吗？"

罗地保满脸惊慌地说道："范姑娘呀，你快快告诉卢护卫，相亲的车辆……丢了不少呢？"

范月婷愣住了："丢了车辆？"

徐庆怔了，蒋平也怔了，二人便看白玉堂。

白玉堂皱眉问："丢失了多少？"

张龙慌乱地看了看赵虎，赵虎怯声答道："我二人查了许多庄户，仔细检查了一下，整整丢失了一百辆车。"

蒋平疑惑道："一百辆？"

> 弹幕：为什么不是一百零一辆？为什么不是九十九辆？难道窃贼是带着算盘行动的？

壹叁

姜连胜已在开封府被审问了一夜，展昭、马汉轮番讯问，他却一概推说什么也不知道。被问得紧迫了，便干脆闭起眼睛一言不发。展昭、马汉无奈，便向包拯汇报了结果。

马汉怒冲冲地说道："若不动刑，这厮是不肯开口呢。"

包拯笑道："我料定他不会讲的。不必动刑，你把他带到大堂来吧，我与他攀谈攀谈。"

> 还是包大人有水平，坚决不搞逼供信。

不一刻，姜连胜被带到堂上。

姜连胜一脸的沮丧与气恼，见到包拯便愤愤喊道："包大人，在下虽是不在册的小吏，却也是一衙主管。开封府这样不黑不白扣押我，若是误了薪炭局的差事，谁可担待呢？"

包拯淡然笑道："例行公事，姜大人勿怪。莫说什么不黑不白的话呀。"

姜连胜哼了一声："包大人说句明白话，何时放姜某回去？"

包拯笑道："姜大人少安毋躁。包某今日再问几句话，姜大人便可打道回府。"

姜连胜点头："大人请问。"

包拯却不急，端起桌案上茶杯起身递给了姜连胜："姜大人，请用茶。"

姜连胜不提防包拯亲自为他奉茶，惊慌地站起来，双手接过，迭声说道："大人，这怎么敢当？"

包拯却笑呵呵地看了看姜连胜白皙的手腕："姜大人，坐吧。"

姜连胜诚惶诚恐地端茶坐了。

包拯淡然问道："姜大人，你到薪炭局供职几年了？"

姜连胜黄着脸色答道："姜某到薪炭局效力已近两年了。"

"马云洪局长到薪炭局任职几年了？"

"马局长到薪炭局……应该是八年了。"

"你二人平时相与如何？"

"还算好，马局长为人厚道，待左右属下都很客气。"

"你与他有无私交？"

"断无私交。"

"我听说你二人还有些亲戚脉络？"

"这个嘛……是远房的表亲。"

"表亲？"

"远房的表亲。"

包拯笑道："你二人虽是表亲，相貌却大不相同呢。姜大人长得面色黑灿，一绺长须。而我却听说那马局长生就一张白净子脸，并无胡须呢。"

姜连胜有些尴尬地笑笑："……大人说的是呢。"

"若是亲戚，你对马云洪必定熟络。"

"还算熟络吧。"

"若说是马云洪盗窃这五千斤木炭，他能作何用呢？"

"这个嘛……在下就不知了。"

"马云洪现在何处？"

"在下更不知了。"

"果真不知？"

"……不知呢。"

包拯突然哈哈大笑起来："包某却知道呢。"

姜连胜懵懂地看着包拯。

包拯突然收了笑容，皱眉看着姜连胜。

姜连胜懵懂地看着包拯："大人的意思是……"

包拯冷笑了一声："我想起姜大人刚才说了句什么？哦，不黑不白。姜大人讲得好。"

姜连胜疑道："不黑不白？大人的意思是……"

包拯盯着姜连胜，冷冷地说道："包某拆解姜大人的意思，不黑不白，即黑的不黑，白的不白。是这个意思吗？"

姜连胜有些口吃了："大人，你刚刚不是说马云洪吗？"

包拯郑重地点头："对，包某是在说马云洪。马云洪此刻就在开封府内呢。"

姜连胜吃了一惊："大人……说什么？马云洪在开封府……在哪儿？"

包拯点头："远在天边，近在眼前。"

姜连胜呆住："眼前？"

"对，你就是马云洪。"

"我？"

"怎样？"

"大人……"

"马云洪！"

姜连胜立刻呆住了。

展昭、王朝、马汉等人也都呆住了。

公孙策面带微笑。

包拯冷冷哼了一声："马云洪，你还有什么好说的？莫非要我派人带你去洗个澡，涤出你的本来面目？"说罢，起身上前，一伸手，扯去了姜连胜的胡须。

姜连胜便露出了白皙的下颚。

姜连胜登时呆若木鸡，他扑通一声跪下了，捣蒜般向包拯磕头。包拯却嘿然笑了："马大人呀，何必如此，请起来说话。"

> 不是北京瘫，真是开封跪！

马云洪满头大汗，叹道："传言包大人神断，今日所见，当是真确呢。我确是马云洪。"

包拯点头，突然问道："说说野驴吧。"

马云洪懵懂不解："野驴？大人是问山里的野驴？"

> 马云洪或是奇怪，包大人喜欢养宠物？

包拯皱眉盯了马云洪片刻，突然呵呵笑了，起身对公孙策说道："公孙先生，你且带马云洪去后堂录口供。"

公孙策看看马云洪，嘿然一笑，转身对王朝、马汉说道："你们带马大人，随我去后堂。"便头前走了。

王朝、马汉便押着马云洪去了后堂。

展昭看得瓷呆了，一脸疑惑地问包拯："大人呀，你是如何看出他是马云洪呢？"

包拯笑道："你还记得姜连胜报案那天的情景吗？"

展昭点头："当然记得，区少安到开封府受降的那天，大人陪区少安进宫觐见皇上，前一天晚上派我与卢方去薪炭局调查讯问。"

包拯笑道："后来你也知道了，其实姜连胜已在半月前报案了。我没让公孙先生告诉你们，是因我觉得这件案子蹊跷，对姜连胜这个角色，也有颇多的疑问。你想呢，他二人若真是远房亲戚，若是马云洪一手将其提携到副局长的位置，若讲报恩，他不应举报马云洪。再者，姜连胜是在职不在品的薪炭局自行选配的衙吏，即使马云洪出了事，吏部会再选在品官吏去薪炭局继任，断无姜连胜接任的道理，或许姜连胜还有可能被新任局长开缺。若讲利害，他也不应举报马云洪。如此说，姜连胜在无证据之下，举报马云洪，便是颇不合理了。"

展昭疑道："大人讲的是。那大人如何就认定这个姜连胜便是马云洪呢？"

包拯嘿然笑道："这也是偶然让我起疑的。你与马汉去淮阳之前，我让公孙先生再次走访了吏部。马云洪在吏部官员中只是个微不足道的小角色，许多人并不相识，姜连胜则更是薪炭局自行选配的小吏，在职不在品。几乎所有人对他一无所知。但公孙先生还是了解了马云洪与姜连胜的些许情况。马云洪洁白肤色，并没有胡须。而姜连胜却是黝黑肤色，留有胡须。那日你与马汉从淮阳回来，向我报告，说见到了马云洪的尸体，周身铁青黝黑。并且林梦轩告诉你，马云洪是服用蛇液草毒发身亡。"

展昭点头："确是如此。"

包拯继续说道："我当年曾见识过蛇液草，那是我侦破'狸猫换太子'一案，主犯郭槐便是服用此毒身亡。此毒用过，周身便是铁青颜色，断无黝黑的现象。如此我便知道，淮阳自杀的马云洪是个冒名顶替的。而且，我昨日发现，姜连胜身上有油彩的气味，刚刚我故意给他递茶，他慌乱之中，伸出双手来接，手上也染上油彩，他的手腕却没有油彩，露出了白皙的颜色。我由此推断，此姜连胜，便是马云洪，淮阳的马云洪，便是姜连胜了。我便扯了他粘贴的胡须，果然露出了他皮肤的真实颜色。如此拙劣的李代桃僵之计，竟然瞒哄了我们多日。"包拯苦笑着摇头。

展昭醒悟道："大人，那个淮阳太守林梦轩，定是马云洪的同谋，应该速速捉拿归案呀！"

包拯摆摆手："若我看，那林梦轩并不知情。试想，那个向开封府报信的线人韩大车，本在林梦轩的辖制之下，如果林梦轩要封锁消息，韩大车的线索必不能传送到开封府。林梦轩肯定要控制韩大车，杀之灭口也在情理之中。可是，韩大车的线索还是通过淮阳府呈报了开封府，只此一条便可说明，林梦轩不是马云洪的同谋了。"

展昭疑问："可那姜连胜确是在淮阳牢狱中自杀的呢。"

包拯冷笑一声："林梦轩若是想灭口姜连胜，何必要在监狱呢？他必是要在这个冒名顶替的马云洪画押之前，置其于死地。

若他让假马云洪死于牢中，岂不是给自己找麻烦吗？"

展昭点头："大人说得入理。那姜连胜果然是自杀？"

包拯摇头："那倒未必，如果姜连胜自杀，那他画押的供状便说不通了。我想这个姜连胜必是被人谋杀了。假若林梦轩真的不知道，那么，杀手必是买通了牢狱的人。"

展昭急道："大人说的是，那应该立即派人到淮阳追查，把那几个可疑的牢头捉来讯问，便可知道杀手了。"

包拯笑道："那杀手怕是早就藏匿了呢。他哪里会呆子一般等我们去捉他。"

展昭又疑问："适才大人问讯马云洪野驴的事情，是何用意呢？"

| 马云洪一案或与野生动物保护有关？

包拯手捻胡须，意味深长地笑了："这个嘛，眼下还不好说。"

二人正说着话，公孙策带着王朝、马汉从后堂出来，公孙策笑呵呵地对包拯说："大人，马云洪全部招供画押。马云洪已经暂押开封府大牢内。"说罢，便把供状递与包拯。

包拯把供状看了，便皱眉问："马云洪如何没有供出那五千斤木炭现在何处？"

公孙策摇头："马云洪讲，他只是将那五千斤木炭卖与了一个姓肖的山西商贾。这个姓肖的商贾把木炭弄走了。"

包拯皱眉问："姓肖的商贾弄走了？这个姓肖的现在何处？"

公孙策道："马云洪说此人他见过一面，所有木炭，盗出运输，都是姜连胜一手操作，他只参与分赃。现在姜连胜已经死了。马云洪便不知木炭下落了。"

包拯忧虑道："我担心的正是这一点呢，如果找不到木炭下落，这案子便是悬案了。"他沉吟了一下，对展昭道："展护卫，你与王朝、马汉即刻带人，在东京城内搜寻这个姓肖的商人。一经发现，立即逮捕。"

展昭答应一声，便与王朝、马汉去了。

包拯想了想，又对公孙策道："公孙先生，你再拟一个特急文书，以开封府的印鉴，发往全国各州府衙，调查薪炭局失落的木炭。"

公孙策疑道："大人，前几日你已经请旨下令，让各州府县衙门调查这些木炭的下落了，如何再发一回呢？岂不是……"

包拯呵呵笑了："公孙策先生，你或是要笑话包某叠床架屋、画蛇添足了吧？我对各地这些官员的习性，多有了解，他们等因奉旨惯了，若只是第一个旨令，他们便会自作主张动了偷懒的脑筋，都会认为不过是区区五千斤木炭，只是圣上一时发雷霆之怒，才下了旨意。事过境迁之后，圣上自然不当回事了。他们如此认定了，便会敷衍了事，走了过场。今日我若再发一个特急文书，他们便会感觉此事非同小可，自然会认真起来。"

公孙策点头笑了："大人久在官场，果然对各地官员的心态明察秋毫呢。只是，我觉得这五千斤木炭并非什么当紧之物，如此十万火急，大人或是想到了什么？"

包拯皱眉道："公孙先生，我确是想到了别处呢。你说说看，这木炭除去取暖，还有什么用途呢？"

公孙策说："自然是制作火药。"

包拯叹道："这便是我最担心的呀。"

公孙策点头："大人不讲，我也猜出了一二。这木炭若是无他用途，必定是被人盗走做火药了。薪炭局的木炭，材质精良，若做火药，必定是上等材料呢。只是想，此事与辽国一定有联系吗？"

包拯皱眉道："我已分析到了，现在宋辽两国边境，虽然有了通商贸易协定，呈现和平气象。但是确有可靠消息，辽国新近训练近十万精锐。武器配备，首当火器缺乏。如果薪炭局被盗的木炭是辽国所为，事情就严重了。但愿这是包某杯弓蛇影之说。"

公孙策没有说话，他已经感觉到了事情的严重性。如果这五千斤木炭被辽国派人运走，那就会制作大批精良的火药。可是，宋辽两国刚刚签发了通商贸易协定，他们不至于出尔反尔，私下里准备火药，发动战争吧？

包拯皱眉道："我还有一疑。木炭并非紧俏物资，如果辽国人制作火药，何必要伸手到我宋国的薪炭局来呢？这岂不是冒险吗？以辽国的国力，休说区区五千斤木炭，即使造出五十万斤木炭，也绝不是什么难事呢。这事情确有些奇怪呢。"

公孙策点头："学生也觉得此事蹊跷呢。可是，马云洪背后若无人指使，他断不会打这五千斤木炭的主意呢。依学生想，此事怕另有图谋。只为区区五千斤木炭，丢了姜连胜的性命，搭上了马云洪的前程。马云洪断不会如此呆傻。"

包拯皱眉说道："说的是呢。我们现在只有在全国调查。"

公孙策点头："我即刻拟特急文书，发往全国各州府。"

包拯道："再有，监视相亲车队的探马有无消息？"

公孙策皱眉："今日尚无消息。"

包拯沉吟了片刻，便道："如不出所料，他们今天已经到了阜阳城。只是卢方几个，不会想到白玉堂在那里等候他们呢。"

公孙策淡然笑道："大人呀，卢方是个直人，徐庆更甚。此事瞒过他二人，却是瞒不过蒋平呢。"

包拯点头笑了："的确是，蒋平一向机灵敏捷。"

公孙策又道："此行卢方肩负重任，他是个认真的性格，我担心他与白玉堂要闹出什么误会呢。"

壹肆

蒋平、徐庆、白玉堂匆匆赶回村中，挨户清点查看，果然，竟然只剩下了三十六辆。整整一百辆马车竟然不翼而飞了。蔡越、李冲已经站在街上，拔剑四顾，神色慌张。

白玉堂让徐庆快去通知卢方，他和蒋平便在村中寻找痕迹。

昨夜虽然下过雨，村道仍有乱糟糟的车痕与脚印，依稀尚可辨认。蔡越、李冲二人细细看了，便沿着车痕一路追下去了。

一旁束手站立的罗地保，看了看白玉堂与蒋平，疑惑道："果真是窃贼留下的痕迹？"

白玉堂皱眉道："且随他们去看看。"

三人追着蔡越与李冲去了。

一口气追出十余里，竟然又到了昨天遭遇劫匪的小树林。

李冲皱眉道："为何消失在这里？"

说话间，蔡越已进了树林，片刻间，蔡越却出来了。他摇头道："树林中并无可疑痕迹。"

蒋平疑道:"除去这一路车痕,去阜阳城的村路并无车痕呀。"

蔡越疑道:"莫非是村中有窃贼?"

三人看着罗地保。

罗地保慌慌地摆手说:"一个小小的范家庄,弹丸之地,就算是有人偷窃了这些车辆,也发愁无处藏匿呢。"

众人便看一言不发的白玉堂。

白玉堂看着李冲、蔡越:"二位有何见解?"

蔡越忧虑地说道:"还是听卢护卫如何说呢。"

李冲讥讽道:"卢护卫能说出什么呢?"

蔡越恼怒地看着李冲:"或是你李冲能说出什么了?"

李冲讪笑道:"我若说出,便是做开封府的护卫了呢。"

> 盗贼找不到,内部当场开撕。

白玉堂皱眉,看了看蔡越、李冲,摆手道:"二位莫要争吵了,还是先去告知区公子一声为好。"

李冲点头:"的确,此事不好再瞒公子。"

二人一前一后便去了。

蒋平若有所思地看着二人远去了,便对白玉堂道:"五弟呀,此事确有些怪异啊?"

白玉堂皱眉道:"如何怪异?"

蒋平摇头道:"这些车痕,想必是昨晚我们进庄时留下的。昨夜雨水没有完全冲刷干净,并非是盗贼留下的痕迹。"

白玉堂微微笑道:"四哥说的是。"

蒋平皱眉:"如果说这一百辆马车被人盗走,如何不见车痕呢?"

白玉堂点头："甚是蹊跷。"

蒋平若有所思："还有更怪异的呢。"

白玉堂淡然一笑："如何怪异，四哥说来听听。"

蒋平皱眉道："我且再说两个怪异，之一，这范家庄就是个怪异的庄子，我刚刚一路寻过来时，便看到，这田野里的庄稼均是熟透了，为何庄里的人却不收割呢？即使有些收割了，也一概割得乱糟糟，全不是庄户人家的手法。之二，我们刚刚去各家查看车辆时，我还发现了一件奇怪的事，这庄里如何没有儿童与老者呢。五弟试想，一个庄子里，若是没有儿童与老人，像是个村庄吗？"

白玉堂笑了，称赞一句："四哥果然机灵呢。"

蒋平笑道："莫夸奖我，还有之三，或是不好讲呢。"

白玉堂疑道："有何不好讲，四哥直言。"

蒋平皱眉道："这之三嘛，昨夜我们如何睡得那么沉呢？五弟呀，我们这些练武之人，多是睡觉机警，轻得很。昨夜我却睡得似昏过去一般，那些车辆要弄出庄，应该是有些响动的。我们却听不到。我只是想说……"

白玉堂兀自笑了："四哥说话如何变得这般吞吐了。我便替你说了，或是昨天那坛美酒出了毛病。"

蒋平点头："我正是要说这个，只是那酒是范姑娘取出的，若说有毛病，范姑娘岂不是……"

白玉堂微微笑道："四哥机警呢。"

蒋平讥讽地说："五弟呀，你早就看出，却是不说呢。"

弹幕：四哥会说话！

白玉堂皱眉道："此时还是不说为妙呢。"

蒋平讪笑道："五弟不说破，或是另有深意？"

白玉堂没有回答蒋平，他仰头看看天，漫不经心下了一夜的秋雨，晨风轻描淡写地一扯，竟是歇了。天也稍稍放晴了。

白玉堂意味深长地说了一句："四哥呀，咱们且回庄吧。"

壹伍

蔡越、李冲一脸忐忑，二人似乎是硬着头皮去了区化龙的房间。

区化龙正在喝茶，陈小三、月秋香左右陪着。张龙、赵虎则在一旁肃然侍立。见蔡越、李冲进来，区化龙不耐烦地说道："你二人来得正好，这两位捕头不肯去问，你二人快去问问卢护卫，何时起程呢？"

蔡越、李冲面面相觑，蔡越犹豫了一下，便怯怯地报告了车辆失窃的事。

区化龙听罢，扬手摔了茶碗，呼地站起身，怒冲冲点着李冲、蔡越的鼻子吼道："丢了这些车辆，我还如何去杭州？或是让我空着两手去杭州白吃饭吗？你二人跟着我是干什么来的？如何连车辆也看守不住呢？你们二人就是……"区化龙气得说不下去，颓然坐下。

| 你们二人就是——饭桶！耳菜替区公子说了吧。

蔡越、李冲满脸涨红，一言不发。

陈小三给月秋香使了个眼色，月秋香便上前笑道："少爷呀，蔡师傅跟李师傅也辛苦着呢。你就不要指责他们了。"

陈小三也赔笑道："是呢，是呢，少爷呀。蔡师傅跟李师傅也不容易呀。"

蔡越与李冲都感激地朝月秋香和陈小三点点头。

> 多谢帮腔，下来一定请二位吃饭。

区化龙似乎泄了些火气，他看看一旁侍卫的张龙、赵虎，皱眉哼了一声："二位差爷，对此事有何说辞？"

张龙、赵虎相视苦脸，张龙赔着小心劝道："公子且不要着急。"

区化龙猛地拍响了桌案："我能不着急吗？这杭州还怎么去呢？我适才已说过，我能空着两只手去相亲吗？"

> 张龙真没眼力见呀！区公子刚刚消停了，你插什么嘴呀？逗咳嗽呢？不要着急？敢情不是你丢东西了。

赵虎为难道："区公子，杭州当然还是要去的。丢失的车辆，必定要找回来。"

区化龙讥讽地冷笑："找回来？谈何容易。你们开封府派来些什么办差人物，车辆都看不住？卢方、徐庆、蒋平，传说都是开封府一等一的神捕，是混干粮的吗？"

蔡越一旁疑道："我却另有想法。"

区化龙一怔："你有何想法？"

蔡越皱眉："会不会是范家庄的庄户们监守自盗呢？"

李冲冷笑："蔡师傅说这话或是空穴来风吧？你凭什么断定是庄户们盗窃，你有证据吗？"

蔡越朝李冲嚷道："若是他们真这么做了呢？你敢保证他们不会这么做吗？"

李冲讥笑道："他们即便这样做了，他们能把这一百辆马车藏于何处？范家庄就这样一个弹丸之地，你蔡师傅脑筋灵活，或能替他们想个办法？"

蔡越怒冲冲地还要争论，区化龙摆摆手打断了他："李冲呀，蔡越说的也不无道理。若是他们这样做了，那可真是瞒天过海呀。"

李冲皱眉："公子呀，如果是这样，咱们应该如何呢？"

区化龙看了看一言不发的张龙、赵虎，哼了一声："二位公差，此事你们如何看呢？"

张龙、赵虎面面相觑，张龙呆了一刻，皱眉道："此事尚未明了，不好妄加判断。"

赵虎道："无论怎样，还是先要向包大人呈报一声。"

区化龙点头："赵捕头说的是呢，总要让包大人知道这里发生的事。"他沉吟了一下，对张龙、赵虎说道："你二人去知会一下卢护卫。告诉他，如果找不回丢失的车辆，我不能启程。"又对蔡越、李冲说道："你们再去村里找找线索。这些车辆总不会飞上天吧。"

壹陆

白玉堂、蒋平回到范家庄，先去了卢方的屋里。

卢方仍然昏沉沉躺着。徐庆与范月婷守在床前，正在急躁。

白玉堂伏到卢方的床边仔细察看，卢方的眼睛微微睁开，对白玉堂苦笑道："伤势并无大碍，只是浑身无力。"

范月婷告诉白玉堂，她刚刚找来庄里的郎中看过，郎中说卢方的伤势并无异常，只是不明白卢方如何昏沉无力。

白玉堂疑惑："莫非那女子给大哥用毒了？"

> 弹幕：刚想到？

范月婷皱眉道："师兄细心看护卢大哥，我去阜阳城内寻一个明白些的郎中过来看看。"

白玉堂拱手道："有劳师妹了。"

范月婷道："师兄莫要客气。"说罢，便出门去了。

白玉堂便听到范月婷喊道："五多啊，套车，随我去趟阜阳城。"

白玉堂看看徐庆，皱眉道："那女子招认了什么？"

徐庆焦躁："那贼女子任是什么也不肯招认呢。"

蒋平皱眉道："三哥、五弟，大哥的伤势当要悉心恢复，这丢失的一百辆相亲车辆，尚无下落。此事甚为当紧。若找不回这些车辆，区公子这里不好说话，包大人那里，我们弟兄不好交代呢。"

徐庆皱眉搓手："这可如何是好呢？四弟如何想？"

蒋平道："此事突兀，让我们有些猝不及防。我想，当须借助地方势力。依我之见，先与阜阳衙门联系，让他们协助寻找。"

卢方点头："四弟所言甚好，三弟，你去一趟阜阳衙门，让他们协助侦破此事。"

徐庆点头："我这就去阜阳衙门。"

卢方叮嘱道："三弟，面见阜阳太守，要小心说话，不可摆开封府的威风。这毕竟是人家的地面。"

徐庆点头答应，又对蒋平、白玉堂说道："四弟、五弟，你们且把大哥看护好，大哥比那些车辆当紧呢。"说罢，便匆匆出门去了。

卢方看了看白玉堂："五弟，你还是去村中看看，这些车辆丢失得蹊跷，怎么会一夜之间就无影无踪了呢？"

白玉堂讪笑："大哥放心，任是神仙作案，蛛丝马迹也是有的。我再去看看。"转身出门去了。

屋中只留了蒋平。卢方轻声对蒋平道："四弟近前说话。"

蒋平疑道："大哥……"

卢方轻声道："四弟切莫声张。我只是佯装无力呢。"

蒋平疑惑道："大哥这是……"

卢方摆摆手："我现在不及与你细谈，且说说这些失窃的车辆。有什么线索？"

蒋平摇头皱眉："眼下还无一点儿线索可寻，蔡越、李冲所说的车痕却是昨晚我们进庄的痕迹。我们一直追到黑树林，才看出真相。那一百辆马车丢得莫名其妙，真是地遁了一般。"

卢方苦脸："哎呀，临行前包大人反复叮嘱，却还是出事了呢？果然不出包大人所料，必定是野驴作下的案子呢。"

蒋平疑道："野驴是什么？"

> 蒋平心中或是穿越了，想到了 CCTV 的《动物世界》？

卢方便说了包拯让他注意野驴的事。

蒋平摇头叹道："凭空弄出个野驴来，这些丢失了的车辆便是更加复杂了。"

卢方问："区化龙如何态度？"

蒋平摇头："蔡越、李冲去报告了，并不知道他如何态度。"

卢方放低了声音问道："四弟，你觉得我们在此地遇到五弟，是否有些突如其来？"

蒋平不解："大哥话中有话？"

卢方皱眉道："四弟细想，我们自东京出发，一路平安无事，为何到了阜阳地界，却是怪事频繁呢？先是遭遇拦截，后与五弟巧遇，昨晚我被两个来路不明的女子行刺，然后又是车辆丢失。或是我多虑，若五弟与这件事情有关呢？我刚刚让徐庆给包大人飞鸽传书，说了我的疑虑。"

蒋平摇头摆手道："大哥，你多虑了。五弟不吃官饭，在江湖上闲走，有教无类。但他断不会……"他突然不再说，有人敲门。蒋平起身去开门，张龙、赵虎走了进来。

赵虎皱眉说道："卢护卫，区公子说，如果找不到这些丢失的车辆，他是不会动身的呢。"

张龙皱眉道："卢护卫，此事干系要紧，应该报告包大人。"

卢方点头道："确是应该报告包大人，只是现在我们还无线索，即使向包大人呈报，也总要有说辞呢。"

> 有了困难往上交，你让我找骂呀？

赵虎皱眉道："这些车辆丢失得蹊跷。这范家庄已经翻腾了几个来回，仍然是没有踪影呢。"

张龙叹气道："那个区化龙为此发怒，也是情有可原呀。"

蒋平疑问："你二人昨夜可否听到了什么动静？"

赵虎摇头："我们一直守护着区公子，并没有听到什么可疑的响动呀。"

门一响，蔡越、李冲神色慌张地跑进来，蔡越急声喊道："卢护卫，卢护卫，出大事了，区公子……失踪了！"

卢方惊得坐起："什么？"

> 得，卢方这回可佯装不下去了呢。

壹柒

马更玉昨夜酒吃多了，和衣而卧，昏昏睡去。被伙计马六喊醒时，才知道已经快中午了。

他揉揉眼睛，懵懂问道："何事匆忙？"

马六笑嘻嘻说道："老板呀，东京来人了。"

马更玉登时清醒了，他翻身下床，急问道："人在哪儿？"

马六答道："正在餐厅等您呢。"又笑嘻嘻地低声说道："是个年轻女子，长得好可人呢。"

马更玉便跟着马六去了餐厅。

但见一个美丽的年轻女子在餐厅端坐，她身穿一身红绿相间的短衣，腰下挂一口长剑。抬眼见马更玉进来，起身拱手道："见过马老板。"

马更玉上下打量这个女子，果然俏丽动人，心里便有些丝痒，拱手还礼，嘻嘻笑道："在下马更玉，姑娘芳名？"

女子道："小女子华素眠。"

二人相对坐了。

马更玉讪笑道："素眠姑娘这般俊雅，若走到街上，必定是阜阳城内一道风景呀。"

华素眠白了马更玉一眼，脸便冷了下来："马老板，且放老成些。本姑娘是来与你谈正经事的。"

马更玉心下一冷，连忙点头："姑娘莫怪，马某开句玩笑。"

华素眠点了点头："马老板开玩笑要分个时候，眼下情况紧急，你还有心思取笑，怕是不应该了吧？本姑娘奉了上峰命令，有便宜之权的。"说着话，站起身，似乎不经意地摸了摸腰中的剑鞘。

马更玉感觉心头沁出一层汗来，他欠身迭声说道："素眠姑娘恕在下一时孟浪、不端之过。请姑娘坐下说话。"

华素眠点了点头，便坐下："马老板，送来的车辆收到了吗？"

马更玉忙笑道："照单全收了，前天夜里一直忙到了天亮，一切都按部就班了。"

华素眠哦了一声："妙笔山的事情也可告一段落，你现在便派人去接洽，把所有的材料与工具，都运送到指定地点。"

马更玉皱眉："在下一事不明，如何辛苦弄来的东西，还要送回去呢？"

华素眠听罢，便冷下脸来，硬声说道："马老板，不当问的莫要问。你不要破了规矩呢。"

马更玉忙点头："在下多嘴了呢。该死。"

华素眠笑了笑："告辞。"便起身往外走。

马更玉忙不迭跟在后边，嘴里紧着说："姑娘慢走。"

华素眠款款走出街门，回头看看马更玉，兀自笑道："马老板，若非今天有任务交办于你，本姑娘或是刚才就能取了你的人头。你相信吗？行了，你快去办事吧。"说罢，不待马更玉回答，便飘然走到了街中。

马更玉看着华素眠的背影，一句话也说不出了。他感觉自己的后背有冷汗泠泠地渗出来。

马六在身后问了一句："这俏女子是哪个？如何这般凶巴巴的，好唬人呢。"

马更玉瞪了马六一眼："她是老板身边的人，不可议论。你去套车，咱们去妙笔山。"

壹捌

卢方几个匆匆赶到了区化龙的住处，白玉堂已经在那里了。

白玉堂正在院中仔细查看。陈小三与月秋香，大惊失色地站在院里，他们结结巴巴地回答着白玉堂的问话。见卢方几个进院，白玉堂迎过来，先看了看卢方的伤口，便皱眉道："大哥如何也来了？你这伤……"

卢方摆摆手，急火火问道："不碍的。五弟呀，区公子如何失踪了呢？"

> 唉，卢方你这是问谁呢？你是相亲队伍的总负责呀？就是区公子全家都失踪了，跟白玉堂也没半毛钱的干系。你追问人家不着呀！唉，这趟差出的，真是人在囧途啊！

白玉堂摇了摇头："眼下一切都是未知，区公子突然失踪，确是蹊跷呢……"

卢方不及等白玉堂说完，便走进区化龙住的屋里，四下看去，屋中的摆设正常，并无打斗或翻动的迹象，可以推断，区化龙走出房间的时候很正常、很从容。

卢方走出来，看着束手站着的陈小三与月秋香，便皱眉问道："你们二人有什么发现吗？比如，什么可疑的人进来过？"

陈小三一脸惶恐的表情，结舌地说："卢护卫……我们确实什么也没看到呢。刚刚……这位……白爷已经问过了呀！"

月秋香也惊恐地摇头说："卢护卫呀，我们真不知道少爷去哪儿了，这要是……"

卢方不再听他们说什么，转身对蒋平道："四弟呀，立刻派捕快去庄外寻找。"

不等蒋平答话，白玉堂对卢方说道："大哥，蔡越、李冲二位，已带着区家的护卫们在庄子外寻找了，三哥也已经派了捕快在庄里搜索呢。"

卢方点点头："或是能发现些线索呢。"

捕快们撒开人网，四下里一直寻找到了临近中午，区化龙却仍不见踪影。

卢方皱眉道："区化龙若是被人绑架了，总要有些行迹呀。如何一点线索也不见呢？"

正在诧异，有捕快跑进来，说是在村外的树干上发现了一封寄刀留柬，交给了卢方。卢方接过看了，便递给身旁的蒋平，蒋平皱眉看罢，便递给了白玉堂。白玉堂看了，却只有一行字：

欲知区公子下落，卢方只身前往老君观！

卢方皱皱眉头，看了看白玉堂与蒋平："你们认为这封留柬，是什么人写的？"

蒋平道："应该是绑架区化龙的人所留。"

卢方问白玉堂："五弟，你看这其中是否有诈？"

白玉堂沉吟了一下，便对卢方道："大哥，无论有诈无诈，总是个线索。不过，大哥伤势有碍，我替你去一趟便是了。"

蒋平也道："大哥，那老君观或是陷阱，你不可前去冒险呢。"

卢方苦笑："若不去，便是不知道绑匪下落。再者留刀寄柬的人是指名道姓要我去呢。"说罢，他又对白玉堂皱眉说道："五弟呀，你且去看看范姑娘，问问审讯那个女刺客有何结果？或是与这张纸条有关呢。"

白玉堂摇摇头："大哥……"

卢方摆摆手道："你去吧，我与你四哥有话要说呢。"

白玉堂看了看蒋平，便答应一声，转身去了。

卢方看白玉堂走远了，便对蒋平说道："四弟，哥哥有一事相求。"

蒋平郑重道："大哥凭地客气了。大哥的事情，就是我的事情。愿效驱驰，哥哥请讲。"

卢方摇头长叹了一声："四弟，真是惭愧呀。如我等人，在江湖上也算有些名头了，竟是这一趟差事都出不好，自己惹人笑话不提，直是让包大人脸上无光了呢……"说到这里，声音就有些苦涩了。

主要看气质，可我……没气质。

蒋平忙劝道："哥哥不要过于自责。所谓天有不测风云，地有不平道路。事情还未有结果，哥哥为何如此说呢？岂不是……"

卢方皱眉道："四弟呀，并非愚兄强你所难。这一趟差事我本来是应该办好的，却不料意外负伤，真是让人泄气呢。"

蒋平笑道："哥哥说的哪里话。"

卢方四下看看，低声说道："四弟呀，我去老君观，你还是要小心留神一下五弟呢。"

蒋平疑道:"哥哥还是不相信五弟吗?"

卢方叹气摇头:"我何尝愿意猜忌五弟呢,只是这几日事情出现得过于蹊跷,不能不让我多想呢。"

蒋平皱眉道:"小弟记下了。只是这老君观嘛,哥哥要多加小心为是。"

壹玖

开封府的捕快们在东京城内已经搜查了数天,丢失的木炭却仍无下落。

今晨包拯升堂,追问此事,众人的报呈,全是没有结果。大堂上的空气一片沮丧。

包拯向窗外看去,太阳渐渐升高,包拯宣布退堂。

众人散去,包拯单独留下了展昭。

展昭问:"大人,有差事?"

包拯笑道:"展护卫,派你一趟差事如何?"

展昭也笑道:"大人有何差遣?但听吩咐。"

包拯笑道:"你去见一见白玉堂。"

展昭疑问:"白玉堂在哪儿?"

包拯笑道:"白玉堂与卢方在一起。"

展昭笑了:"锦毛鼠介入,卢方三人可谓如虎添翼了。"

包拯摇头:"可是卢方飞鸽传书过来,他们对白玉堂却有了几分戒备呢。我已经给卢方飞鸽传书,让他与徐庆、蒋平回京,你带马汉去接替卢方的差事。"

展昭疑惑:"卢方如何怀疑白玉堂呢?"

包拯从衣袖内取出一封信:"展昭,你且看看这封信。"

展昭接过看了,疑惑不解道:"大人,这不大可能呢,这卢方为什么会怀疑白玉堂呢?他怀疑白玉堂与青龙会的残余有关?"

包拯皱眉道:"是啊,卢方怀疑白玉堂是青龙会的卧底,他在范家庄遇刺是白玉堂安排的。"

展昭摇头:"卢方的怀疑于情于理都不合。"

包拯苦笑:"卢方或是人急无智了呢。"

展昭问道:"大人,你事先安排白玉堂去范家庄,等候区化龙的相亲车辆,卢方他们知道什么内情吗?"

包拯摇头:"断然不知。"

展昭皱眉摇头,忧虑地说:"大人,如此说,这范家庄要有些风波呢。大人调卢方三人回来,确有道理呢。"

包拯点头道:"你去收拾一下,我已通知了马汉,你们这就动身吧。"

| 过去的总要过去,该来的都在路上。

贰拾

范月婷从阜阳城中请来了郎中,细心给卢方看过了伤口,开了些刀创药为卢方敷了。卢方自感好些了。

众人送走了郎中，卢方坚持要独自去老君观。

白玉堂担忧道："大哥，你如此去，确是危险呢。"

蒋平、徐庆也阻拦卢方前去。

范月婷不解地问道："卢护卫，你为何执意要独自去呢？"

卢方道："那留柬上讲，要我一人去，我若去，便是履约。"

徐庆道："大哥若去，我们一并跟去便是。事发紧急，管他什么履约还是践约呢。"

卢方正色道："若不履约，但有个闪失，坏了区公子的性命，我等如何交代？"说罢，他不顾众人拦阻，便下床了。

范月婷苦笑："卢护卫果然是个倔强脾气呢。"

卢方也苦笑："范姑娘，给朝廷办差，自是辛苦呢。"

卢方走出院子。众人不好再拦阻，只得看卢方大步去了。

村外的田野，被一夜细细的雨水浇过，显得格外清冷。卢方一直沿着田间的小路去了老君观。

老君观是一座建了二十几年的新道观，是当地一位员外捐款修建的。起因是这位员外生了一场重病，求医问药毫无效果，后来吃过一位过路道士的几粒丹药，便好了。于是，这位员外由此对道士无比信奉，就修建了这座道观。遗憾的是，这一带信佛的多，信道的很少，于是，这位员外去世后，这座老君观便没有了香火。

卢方走了十余里，便远远地望见了老君观。他再往前走，隐隐感觉到左右的庄稼地里有细微的动静。卢方兀自一笑，便知道有人在四下里埋伏了。

卢方到了老君观门前，但见观门洞开。他左右看看，并无异常，便跨进了观中。

观中院子颇宽绰，几棵柳树在秋风中飒飒舞动。卢方四下看去，却无动静，他刚刚要举步进观，却听到了一阵笑声，之后，一个粗嗓子哈哈笑道："卢方呀，你果然有胆量，独自敢来啊！"

话音落地，一个身着黑衣的大汉阔步走出道观，站在了院里。

卢方拱手道："在下卢方，应邀而来。"

黑衣大汉讪笑道："我想到你会来，但我还是很震惊。"

"为什么？"

"你果然不怕死。"

"我说过，我是应邀而来。留柬上并没有写卢某的生死之事。"

"是我们的上峰邀你而来。"

"我明白，是他想见我，而又不想让我见到他？"

"这应该是一个原因。"

"还有第二个原因吗？"

"你为区公子而来？"

"自然。不为区公子，卢某来此何干？"

"卢方呀，你若是想带走区公子，确是一件难事。你要留下一件东西。"

"什么东西？"

"你要把性命留在这里。"

"……你们取得走吗？"

黑衣大汉鄙视了卢方一眼，嘿嘿冷笑了："卢方，你认为你今天走得出这老君观吗？"说罢，他吹了一声口哨，观里登时走出四个黑衣大汉。

卢方心下一沉，便知道今日必是凶多吉少了。他拔出刀来，冷冷问道："你们就是这么商量事情吗？"

黑衣大汉奸笑了一声："少说废话，拿命来！"便挥刀冲过来。

五个黑衣人，便围定了卢方。

卢方拔刀，愤怒地迎了上去。

但见刀光剑影之后，便听到扑通扑通的倒地之声。

四个黑衣汉子先后倒了下去。有的胳膊都被刀砍断了，他们却一声不吭。

为首的黑衣大汉怔住，卢方也怔住了。

但见白玉堂已站在了卢方的身边。

卢方欢喜道："五弟来了。"

黑衣大汉惶惶问道："白玉堂，你如何来了？"

白玉堂冷笑："你们认定我卢方大哥老实，才使出这种欺以其方的伎俩，你们也过于卑劣了。似你们这些鸡鸣狗盗之辈，就是好人劝着不走，死鬼扯上就去。白玉堂手上这口刀，就是你们的夺命无常，今日就是来引你们上路的。"说罢，挥刀上前，那黑衣大汉挥刀迎了，两只刀就搅在了一处，但看寒光四溅、白练狂舞之时，只听到扑通倒地之声，黑衣大汉的头已经离开了脖腔。

卢方看着黑衣大汉的尸体，顿足嚷道："五弟呀，你这是为何？杀掉绑架者，就不知道区化龙的下落了呀！"

白玉堂冷笑道："大哥，他并不知道区化龙在哪里。"

卢方疑问："他怎会不知呢？"

白玉堂讥讽地笑道："他即使知道，他也不会说的。"

卢方泄气道："唉，将他押回去，重刑之下，他如何能不说呢？五弟呀，你也太性急了呀。"

白玉堂笑了："大哥，你没有看出来吗？昨天晚上，那个行刺你的女子，与这些人便是一伙的。那女子受伤之后，竟然伤痛不形于色，为什么？大哥试想，那女子的抗痛能力果然如此强悍吗？"

卢方恍然点头："我记得呢，在到达范家庄之前，经过一片树林时，也有几个黑衣人被我们砍成重伤，其中一个被我砍掉了臂膀，却也一声不吭。这是一些什么人物呢？竟然如此坚韧顽强？"

白玉堂笑道："之前我在范家庄，将冒名张五多的一个恶汉还有几个假扮的庄客先后分筋错骨，他们也都是一声不吭。"

卢方惊骇："如此抗痛，练的是什么奇门功夫呢？"

白玉堂皱眉道："我曾听说，江湖中有一个神秘的帮派，他们自幼练功，便让人去掉了身上的痛感脉络。这些人是不怕疼的。我从前只道是以讹传讹，不足为信。这些日子却是有了见识，这个组织果然存在呢。我只是不解，他们如何也参与到这件事情中来了呢？"

卢方疑道："他们究竟是些什么人呢？"

白玉堂道："我只是听说过，张继续手下一个名叫张鹏的人，精通医术，也参与了这个组织，传说还是个头面人物。"

卢方怔忡："张继续的人？"

白玉堂缓缓点头："应该是的。"

卢方皱眉："或是如此。我们且不说这个了，只说区化龙……"

白玉堂笑了："大哥放心，区化龙会自己回来的。"

卢方疑惑道："他自己回来？五弟，你不是说梦呢？"

正在说话，就见李冲匆匆跑进了观内。

李冲气喘吁吁地对卢方道："卢护卫，区……区老爷，不，是区少安大人来了？"

卢方一惊："区少安？他怎么来了？"

李冲皱眉道："他是赶来看儿子的，得知儿子失踪了，正在悲伤呢。"

> 把孩子交给你们了，你们给弄丢了，家长找来了，咋说……可怎么交代呢？

白玉堂讪笑道："我有六年没见区少安了，想不到在这里见面了。"

卢方看看白玉堂："五弟与区少安相识？"

白玉堂笑道："大哥或是忘记了，当年我在涿州与青龙会一战，便认识区少安了。当年亏得他帮助了穆桂英元帅呢。"

卢方看着白玉堂，皱眉道："今天他来看区化龙，可区化龙……"

风却吹得紧迫起来，白玉堂仰头看天，但见有乌云从天际处匆匆忙忙地赶上来了。他皱眉道："这天气似乎又要有大雨呢。"

卢方对李冲道："我们去见区大人。"

贰壹

果然有雨，卢方、白玉堂跟着李冲匆匆赶回范家庄，刚刚进了庄子，漫天的大雨就迫不及待地落下来了。

慌慌张张地进了范月婷家的院子，但见几个身着劲装的衙役，各自撑着雨伞，在院中四下警戒，想必是区少安的随从了。

卢方、白玉堂通报了姓名，走进客厅。

区少安正坐在客厅里，不时地长吁短叹，陈小三与月秋香分立左右，小心翼翼侍候着。范月婷与徐庆则束手站在一旁，二人面面相觑，不知怎样劝慰区少安才好。

见卢方、白玉堂进来，区少安急忙起身拱手："见过卢护卫。"

卢方连忙还礼："不知区大人到此，卢某有失远迎……"

区少安摆摆手："卢护卫莫要客套，请坐下说话。"

卢方拣只凳子在区少安下手坐了，小心说道："区大人，此事且莫着急……"

区少安摇头叹气："唉，卢护卫呀，话是这样讲，我却如何能不急呢。"

白玉堂走上前，欠身拱手说道："区大人，六年前自涿州一别，想不到在这里相遇了。"

区少安看看白玉堂，皱眉问道："恕区某眼拙，这位……"

白玉堂笑道："区大人贵人多忘事，在下白玉堂。当年曾在涿州穆桂英元帅帐中见过区大人一面呢。"适才，白玉堂在一旁观察了区少安一番，他感觉区少安的确有些生疏了，眉宇之间，白玉堂找不到那种潇洒淡雅的神色了。六年时间，人的变化果然快呢。

区少安恍然醒悟过来，顿时满脸激动，急步上前，抢似的握住了白玉堂的双手："哎呀，白义士，真是想不到呢，一别如雨，咱们竟然在这里见面了呢。"

白玉堂笑吟吟问道："六年不见，区大人风采如昨。不知区大人如何到此？断不是只为来看区公子的吧。"

区少安怅然说道："秋季汛期已到，我任南阳同知的分内之事，便是要沿河巡视，勘查汛情，安定民心。昨日途经阜阳，听阜阳衙门传说，区化龙的相亲车队到了阜阳，就住在范家庄，我便忙中徇私，过来看看，谁知……唉！"区少安说到此处，便说不下去，长叹一声，埋下头去了。

卢方尴尬地说道："区大人，实在是在下失职，才使区公子……唉！"卢方也说不下去了。

区少安摇头叹道："卢护卫呀，你不必自责呢，实在是我区家在江湖上结仇太多，也真是自作自受呢。"

白玉堂却摆手笑了："区大人不必着急，依我细想，区公子必无性命之虞。"

区少安惊异地看着白玉堂："哦，白义士的说法儿是……"

卢方也惊诧道："五弟，你如何知道区公子无事呢？"

白玉堂笑道："我们可以试想，绑架者多是求财，若是寻命，便不会绑架区公子。往细致里说，绑架若是害命，便是在范家庄取了公子的性命，何必再费时费力弄走公子呢？而且，我们也仔细查看了现场，并无凌乱争斗的迹象。便是说明，公子是与绑架者心平气和地走出了范家庄的。当然，也不排除绑架者给公子用了迷药。"

听了白玉堂这番议论，区少安、卢方面面相觑。

窗外的雨，突然变得急促起来了。

区少安深思了一刻，满脸疑惑地问道："白义士，事情果然如你所说吗？"

白玉堂淡然笑道："白某命流不利，近年遇到了许多案例，惊异之间，经验总是有些的呢。适才的一番推论，绝非白某胡猜妄测。区大人不必太过心焦。"

区少安点了点头，脸上绽出些微笑，起身拱手向白玉堂说道："白义士，若如你所说，区某便心宽了许多。区某公务在身，不好再耽搁，就此告辞。"

卢方急忙说道："外边雨落得急切，区大人可稍稍等候些许，待雨歇下来，大人再动身也不迟呢。"

白玉堂粲然笑道："区大人呀，卢护卫说的是呢，你不曾听过吗？下雨天留客。若是一味出行，便是违了天意呢。你不妨稍坐片刻。"

区长安摆了摆手，摇头苦笑道："诸位，区某眼下比不得从前，所谓为官不自由，从前在下只是听说，而今却是深有体会了。朝廷的差事马虎不得，区某要认真办呢。所谓忠君之事，当尽心竭力，不敢稍有懈怠。"说罢，又对卢方道："卢护卫，化龙的事情，区某拜托了。"

卢方脸红着，点头应承了。

众人送区少安动身，送到村口，雨却越发大了，如泼似倒地落下来。区少安冒雨上马，拱手向众人告别，便带着一行随从，在雨中匆匆去了。

望着区少安雨中渐行渐远的背影，卢方叹道："区大人果然君子肚量。"

白玉堂皱眉道："只是这位区大人来得突兀，走得也突兀呢。"

卢方疑道："五弟，你此话是何意味呢？"

白玉堂看看漫天的大雨，粲然一笑："大哥，且回庄吧。"

无论天气如何，自家的心里永远是晴天。大哥笑一个？

卢方皱眉叹道："回吧！"

要笑你自己笑，我没心思笑。

众人转回范家庄，回到范宅歇了。

贰贰

临潢府（今赤峰市林东镇），乃是辽国上京，作为辽国最大的都城，临潢自然是繁华。

耶律阿成元帅奉旨从西京大同府（今山西大同市）匆匆赶来，他多年没来上京，却来不及逛逛热闹的集市，便进宫去觐见萧太后，君臣二人密谈了三个时辰。

耶律阿成走出宫来，已是黄昏时分，他感到了有些疲倦。在宫外等候多时的萧尔成将军迎了上来："元帅，太后有何旨意？"

耶律阿成白了萧尔成将军一眼，没有说话，飞身上马，径直去了驿站。萧尔成不敢再问，上马跟在了后边。

萧尔成是萧太后的本家侄子，最近，萧尔成依仗着与萧太后的这层关系，由一个普通军校提拔为大同府的守备将军的职务，引得军界一片哗然。他此次与耶律阿成一道进京，面谒萧太后，萧太后却没有见萧尔成，只与耶律阿成一个人密谈了。

萧尔成一定心情失落呢。

回到驿站，耶律阿成坐下，萧尔成急忙捧茶上前伺候了。

耶律阿成讥讽地笑道："萧将军，你最近有何心思呢？"

萧尔成皱眉道："回元帅的话，末将听说区少安的公子区化龙去了杭州相亲，此事对我大辽有何机会呢？"

耶律阿成摇了摇头："三太子尚未有情报送来，我们还是要等待些时候呢。只是……"说到这里，他抬头看看天，天色有些阴郁。

萧尔成疑惑道："元帅有何心事？"

耶律阿成长叹一声："我担心杭州城内必是有一番纠缠呢。三太子如何脱身呢？萧将军，我刚与太后商议，委派你一个差事。"

萧尔成忙道："凭元帅驱使。"

耶律阿成道："三太子勉从虎穴，栖身卧底，近六年了。且不说太后的思念之情与日俱增，但凭三太子乃国家栋梁之材，也不可有些许闪失。你率一队死士，轻装简从，乔装打扮，潜入杭州城内，将三太子接应回来。"

萧尔成点头："末将领命。"

耶律阿成叮嘱道："萧将军，此事关乎重大，切要小心行事。"

萧尔成点头，郑重说道："元帅放心，末将定当尽心竭力办好差事。"

贰叁

秋雨紧一阵松一阵下了一夜，却仍然没有歇下来的意思。

范月婷一早起来，到了院里，却见白玉堂正伫立院中，在雨天里放飞了一只鸽子，白玉堂仰着脸若有所思，看着鸽子在漫天雨中渐飞渐远了。

范月婷心下疑惑不解，上前笑道："师兄真是好心情，竟能在雨中放鸽呢？"

白玉堂回身道："师妹呀，我只是百无聊赖罢了。"

范月婷看着白玉堂："看师兄心事重重，可对我说上一二吗？"

白玉堂皱眉："师妹呀，你或是注意了，范家庄近日总有一些人出没。我想问师妹一句，你这些年到底与什么人有来往，或者说，你过去得罪过什么人吗？"

范月婷摇了摇头："不瞒师兄，自家父过世之后，我与江湖上并无来往。只是你们到范家庄之后，才出现了这些奇怪的事情呢。"

> 耳菜忍不了，就替范月婷发句牢骚吧，我范家庄的日子过得好好的，你们凭空里来了一帮人，搅得一个村子都不得安宁了。怎么还说与我有甚关系呢？是神是鬼也都是你们招惹来的。

白玉堂摆手笑了："师妹，退出江湖并非易事，要心身一起退出才行。你为人含蓄，英华内敛，我怕你是身退心未退啊。"

范月婷皱眉道："师兄，你莫要转移话题，我只是想说，这范家庄几天来的事情，或由卢护卫一行引来，倘若区公子找不回来，那事情还真是个麻烦呢。"

白玉堂笑道："师妹放心，区公子安然无恙，几日内就有分晓了。"

范月婷惊讶道："师兄说得如此轻松，我倒是不敢相信了呢。"

正在说话，卢方、蒋平也到了院子里。

白玉堂笑道："大哥、四哥也早早起来了呢。"

卢方笑道："五弟呀，我昨天夜里接到包大人飞鸽传书，他要我与三弟、四弟即刻回京，另有差事。"

白玉堂疑道："包大人如何要大哥与三哥、四哥回去呢？你们不去杭州了？"

卢方笑道："包大人已传令展昭来接替我。展昭来之前，这里暂由张龙、赵虎协助你看管。"

白玉堂皱眉问："展护卫来接替大哥，或是大哥什么事情办得不如包大人的意思了？"

卢方摇头："这个嘛……我一无所知。只听包大人差遣就是了。"

白玉堂皱眉："大哥呀，并非玉堂多想，只是区化龙失踪尚无消息，大哥与三哥、四哥这样走了，岂不是让人说三道四。"

蒋平一旁苦笑道："五弟呀，你如何这样说呢？大哥与我并非躲这件差事，实在是包大人催我们回京呀。"

白玉堂讥讽道："四哥呀，非我多虑，你我兄弟理解，那旁人理解吗？杭州之行尚在途中，却把区家公子弄丢了。且不说三位哥哥如何难堪，包大人脸上好看吗？"

卢方的脸色涨红了，摆手道："五弟啊，这事情过错在我。与你三哥、四哥无干，我自会当面向包大人请罪。"

白玉堂摇头叹道："我并没有拦阻你们三人回京的意思，我只是担忧呢。"

蒋平叹道："五弟说的并非不是道理。我们走得或许急躁了。"

范月婷一旁走过来，坦然道："师兄呀，我适才听了几句。三位哥哥回东京，不是躲避，而是差事。旁人说不出什么的。"

卢方忙施礼："多谢范姑娘体谅了。"

范月婷笑道："卢大哥，我只是说了我的看法。蒋四哥如何个说辞呢？"

蒋平摆手："范姑娘，这件事我只听大哥的呢。"

说着话，徐庆已经牵着马出来了，徐庆沉着脸对白玉堂说道："五弟呀，我们走便走了，你莫再说些什么不三不四不好听的话了。我看这趟差事，也真是别扭，我与蒋平无所谓，大哥还是早些脱身的好。"

卢方皱眉瞄了徐庆一眼："三弟，不可乱讲。"

白玉堂摆手笑了："三哥莫要误会，玉堂只是舍不得大哥走呢。"说罢，对范月婷笑道："三位哥哥既然急着赶路，我们送他们吧。"

众人便出了街门，向村口去了。

贰肆

蔚州，宋辽两国暂定的贸易边界，一个月前还是杀气腾腾，而今已呈现一派和平气象。双方严加警戒了几十年的军事防线，已开始各自拆除。两国的商旅纷至沓来，在这里观看考察，多是想在这里布置商事店铺。先下手为强这句俗语，不仅适用于军事，也同样适用于商业。

自古而然，有和平就有商机，有商机便出现利润，有利润就有了争夺。从这个的角度去看，商业永远是另一种方式的人类战争。

宋国户部侍郎刘方之，奉旨到边境匆匆考察之后，又以钦差大臣的身份，一路马不停蹄到阜阳、安阳、南阳等丰饶之地巡视，督促所到之地首席官员，速将所应通商贸易的物品备好，即日运送，尽快抵达，以期在即将展开的贸易中，占得先机。

> 诸位，这也是个朝廷的面子工程，赚不赚钱的吧，先拔个头筹，给皇上长脸呀！

这一日，刘方之前呼后拥巡视到了南阳，南阳太守梁上云迎出府衙，拱手笑道："下官梁上云迎候刘大人。"

刘方之拱拱手，笑道："与梁兄分别多年，今日一见，仍是当年风采呢。"

梁上云摆手笑道："承受不起，刘大人谬奖了。"

刘方之看了看梁上云左右，便问道："为何不见区同知呢？"

梁上云笑道："秋汛已至，区同知沿河道巡视去了。"

刘方之听罢，捻着胡须讪笑道："新官上任，区少安大人自然是立功心切了呢。"

梁上云闪身一旁："刘大人，请！"

刘方之与梁上云是同科进士，还是乡党，场面上自然是寒暄客气，私下却有一番情谊。二人携手并肩进了大堂。衙役奉茶上来，说过几句闲话，刘方之使个眼色，梁上云会意，便屏去了左右。

刘方之便道："小弟我今日奉旨各地巡视，督促通商物资之事，不知兄长这里组织得如何了？"

梁上云笑道："贤弟呀，愚兄自接到圣旨，哪敢稍有怠慢呢。我亲手组织了品种齐全的物资货源，即日便可派送。"

刘方之笑道："听兄长的话音儿，或是想着要亲自完成这趟解送物资的差事？"

梁上云疑道："贤弟如何这样理解？这边关一行，风餐露宿，辛苦非常，我却是唯恐躲之不及呢！"

刘方之摆手笑道："兄长呀，此处只你我二人，兄长就不必说违心话嘛，你我心知肚明，兄长若亲自押送，一则，以示兄长对圣旨的重视；二则嘛，这趟解送物资，定有可观的利润，兄长也必定有丰厚的收获。两全齐美，兄长何乐不为呢？"

梁上云怔了一下，便哈哈笑了："知我者，贤弟也。若是此行收获丰厚，愚兄必有一份大礼送上。"

刘方之笑了笑："可是，兄长还是要割爱，此事须得让区同知去完成，才是两全其美呢。"

梁上云纳闷儿："贤弟，你此话何意呢？"

刘方之放低了声音，轻轻笑道："兄长细想，区少安刚刚招安过来，即是皇帝的新宠，皇上必是用心安抚呢，朝廷清剿青龙会，几十年下来，用了多少银子？耗费了多少心血？却总是不见成效。如今区少安顺风而降，如何才得了一个同知的位置？"

梁上云皱眉道："皇上至少要给区少安一张太守的椅子呀！想必是皇上踌躇此事，担心朝中不服者众，才权且安顿区少安在南阳，暂领南阳同知这么一个不尴不尬的职位。"

刘方之点点头："兄长说的是。皇上的心思嘛，似区少安这般鬼精人物，岂能不心领神会？他目前也必是建功心切，急于成就出来些动静，以便在朝野招摇一番，皇上也一定是这个愿望呢。此次押送通商物资去边关，岂不正是区少安展示才能的时机吗，兄长为何要去争抢呢？若我想，此次区少安办完押运通商物资这桩差事，必定提拔。提拔什么位置？或是不能越级升迁，最有可能的，必是这南阳太守的位置。那么，皇上提携区少安，必定先提携兄长，兄长从无过错，皇上总要给兄长一个称心如意的位置。这便是水涨船高的道理。兄长何等聪明，这样一个顺风顺水的账目还算不清爽吗？"说到这里，刘方之或是说得口渴，端起茶杯，呷了两口。

梁上云听得张口结舌，目光直直地看着刘方之，怔住了。

> 刘方之，人艰不拆，你小子是什么变的呀？穿越时空说句窝脖儿的话，你也太油菜了！你这是逼着老梁卖萌呀！

刘之方放下茶杯，笑眯眯地看着梁上云："小弟这番推论，兄长以为如何？"

梁上云醒过来，惶惶地起身拱手谢道："愚兄笨拙呢，亏得贤弟为我拨云见日了呢。"

刘方之摆手笑道："小弟只是提醒兄长，为官之道，总要有些云水风度，切莫要短视呢。"

梁上云点头："愚兄记下了。"

刘方之突然放低了声音："兄长，小弟还有一事相求。"

梁上云笑道："贤弟有何吩咐，只管讲来。愚兄定当全力以赴。"

刘方之不好意思地笑道："小弟近来手面窄小，有些入不敷出，想借你南阳贸易车队，夹带些私货，赚些银两，补贴些家中用度。还请兄长帮忙呢。"

梁上云笑道:"这有何难,不知贤弟要带些什么?"

刘方之低声道:"兄长,附耳过来。"

贰伍

按照时间推算,就在南阳太守梁上云热情会晤户部侍郎刘方之的时候,百里之外的白玉堂,正在范家庄村口迎接展昭。

展昭与马汉快马飞来,二人在白玉堂面前带住了坐骑,翻身下马,三人拱手见了,寒暄两句,展昭便从怀中取出一封信,递给白玉堂,说道:"包大人有密信给你。到了庄里,人多眼杂,先交给你吧。"

白玉堂接过信,拆开读过,摇头苦笑道:"包大人呀,这一回便是要累死白某了呀。"

马汉笑道:"玉堂呀,言过其实了。"

展昭笑道:"玉堂莫要如此讲闲话,这却是包大人的信任呢,何等荣耀?这一阵子也真有劳你了呢。包大人还有公孙先生,都要我代他们问候你呢。马汉兄当时就在场呢。"

马汉笑道:"的确如此呢。"

> 背后千句夸奖,莫如当面一个点赞。

白玉堂揣了信,摆摆手,讥讽地笑了:"二位呀,且莫说什么问候的话了，你们这些官差角色不登场，却让我这样一个帮闲的龙套在此跑前跑后，是否有些越俎代庖了呢？"

展昭呵呵笑道："玉堂弟呀，不要牢骚嘛。岂不闻食肉者鄙，食粟者智的话吗？你身在江湖，达人知物，总比我们这些终日闭塞在衙门里的角色明了事物呢。"

白玉堂嘲弄地笑道："相交多年，不曾料到呢，展兄竟能如此口吐莲花，夸奖称赞，虽则口惠而实不至，却让浅薄者如白某听来，竟也是沁润心脾呢。"

展昭大笑道："顺情好说话，清风明月，总是衙门礼数嘛。"

白玉堂苦笑："所谓顺情好说话，确如半斤清风八两云，让人双手迎来，却是空空如也。"

马汉一旁也哈哈大笑了。

三人说笑着，便向村里走。

展昭四下看去，不禁皱眉道："玉堂，这遍地庄稼早到了收获季节，为何不见庄户们来收成呢？"

白玉堂笑道："展兄呀，岂不知富裕者骄纵？朝堂如此，百姓也是如此。或是这个范家庄富裕，便是不在乎这些庄稼呢。"

展昭摇摇头，讥讽地笑道："玉堂呀，天下或是没有这般奢侈的庄户呢！"

白玉堂点头："展兄说的是，神仙也不敢如此怠慢收成呢。"

展昭笑道："玉堂弟，我总是感觉有什么地方不对了。"

白玉堂微微笑道："展兄请讲。"

展昭四下看看："你在这范家庄出现，人物景致却总是有些蹊跷呢。"

白玉堂笑了："展兄且说说这人物如何蹊跷？"

展昭皱眉："这人物嘛，你却是首当其冲呢。依你的性格，多是在江湖上逍遥自在，如何到这样一个怪力乱神的范家庄流连忘返呢？这自是蹊跷之一呢。"

白玉堂摆手笑道："这个不算，展兄再说。"

展昭讥讽地四下看看在村道来往说笑的庄户："这二嘛……"

白玉堂笑了："展兄莫不是要说这范家庄的庄户了？"

展昭点头："我与马汉刚刚在村外见到了几个庄户，也借问路的缘由，搭讪了几句，这村里的人竟然口音不一，或多是劲装的汉子，少见的几个妇人，也皆都是强悍非常，为何不见老人与儿童呢？"

马汉皱眉道："这个范家庄果然奇怪呢。"

白玉堂点头称赞："二位果然眼明心亮呢。"

展昭笑道："我刚才一问，你避而不答，我却还是要问。你如何跑到范家庄来了呢？你且不要说你是来看望你的师妹，你在特定时间特定地点出现，必是有些来由，我不相信你白玉堂与卢方三人在这里是偶然相遇。"

白玉堂笑了："不敢再瞒展兄，实在是公孙策先生传包大人的书信，要我在这里与区化龙叙旧攀谈。"

马汉疑道："叙旧？玉堂弟，你与区化龙相熟？"

白玉堂摇头："我与这位黑道少爷不相熟，我只是与他父亲区少安有过一面之交。"

展昭道："你与区少安有交往？我却是没有想到。"

白玉堂笑道："六年前，我在涿州府，曾受穆桂英元帅的托付，冒名辽国的杀手韦率先，试图打入青龙会，可惜被内奸张恨走漏了消息，功亏一篑，还险些丧了性命。那一次侥幸脱身，在穆桂英元帅的军帐之中，与青龙会的少帮主区少安有过一面之交。此人目光长远，明珠暗投。后来我才得知，其实从那时起，他就与朝廷暗中有些来往，如果没有他暗通消息，穆元帅不可能在涿州城大破青龙会。辽人在杨元帅身旁安排的卧底陈臻，其身份暴露后，畏罪自杀，陈臻的余党，也是由区少安最后指认。由此讲，当年涿州大捷，区少安也确是功不可没呢。"

> **插播广告：上述情节参见《局中局》**

展昭点头："听你一说，我似乎有些明白了，原先我有些疑惑，为何区少安率众投降，包大人却仍然有些不放心呢？"

白玉堂苦笑摇头："展兄呀，包大人的疑虑并非没有来由呢。你试想，且不说区长河死得突然，令人怀疑。只说青龙会与朝廷作对多年，罪恶昭彰，可说是国家的心腹之患。如何区长河刚刚暴死，区少安便率众接受了招安。即使区少安与包大人早有来往，可是，区长河手下的死党，会同意招安之事吗？这次招安如此顺利，发生得过于突然，或是说让朝廷颇有些猝不及防呢。不得不让包大人多想呢。"

展昭若有所思："你这番话却是提醒了我。当时，我曾对包大人讲过，青龙会如此轻易投降，确是事发突兀呢。先说区长河突然死了，若是刺客行刺，区长河猝不及防，倒是说得过去，如果说他在四海酒楼被人下毒，却是着实费解了。那区长河为人一向小心谨慎，怎么会被人下毒呢？且不说他那四个机警的女保镖，一向心细如发，怎么可能同时被毒死了呢？再则，那个富甲一方的张继续，如何同时被人溺死在茅厕里呢？此事说来，疑点多多呢。再说区少安被招安，区长河尸骨未寒，区少安便顺风而降。这确也有些突兀了呢。"

白玉堂冷笑道："老话讲，戏若是演得过了头，就难免有了破绽。这便是画蛇添足的道理。"

展昭点点头："你说得确实在理，如果说那区少安在青龙会一向独木难支，怎么会在区长河刚刚死去，就一呼百应了呢。朝野皆知，青龙会与朝廷作对有数年矣，而且辽国多有密探卧底掺杂其中。死硬分子更是不乏其人。区少安如此顺风顺水地率众而降，且不说心细如发的包大人疑惑，我也是心中有了些纠结，怕是……"说到这里，展昭突然顿住，疑虑的目光望着白玉堂。

白玉堂笑了，他想了想说："展兄说得极是，怕是其中有些名堂呢。或许包大人让公孙先生传信给我，命我与区化龙攀谈，只是想摸一摸底细呢。"说到这里，他想起了什么，问道："展兄，最近官府封锁了妙笔山，是否有什么王爷在陈阳县出巡？比如九贤王？"

展昭摇头："从未听说。九贤王应该还在京城，我离开东京那天，包大人还说九贤王有事找他呢。你此话从何说起？"

白玉堂皱眉："如此说，事情就有些可疑了。我来范家庄之前，曾想上妙笔山游览，却不想被几个官军阻拦。他们的口音并不是此地的口音。据我所知，除去国家的战争需要，要全国征兵，各地府衙的官军，多是各地抽丁，并不外派。怎么会有广西籍的士兵在阜阳服役呢？或果真是某个王爷在此以巡视之名，游山玩水。"

展昭皱眉："你我明日到陈阳县衙门去一趟，问问便知。"

白玉堂看了看天色，便笑道："好了！咱们快些进庄吧。张龙、赵虎二位捕头，必定要为你们二位摆酒接风呢。我也好叨陪末座，吃几杯酒，解解闷气呢。"

展昭摇头苦笑："这二位是老实人，只怕是为区公子失踪一事，愁苦得寝食不安，酒也吃不香甜了呢。"

贰陆

猝不及防的电闪雷鸣倏忽而至，适才还是阴沉得如墨色的夜空，却像是被几道闪电割破了的硕大水袋，漫天大雨骤然落下来了。

阜阳城外，几十个身穿黑衣的汉子，押解着一队长长的车辆，在大雨中艰难地行进。马车走得缓慢，驶下了官道，走上了一条小路，走出去不远，便拐入了紫藤山脉中的一片丛林。

领着马车队伍行进的，是一个麻脸汉子，他脚下深一脚浅一脚地蹚着泥水，便有些不耐烦地骂道："出门如何遇到了这样的鬼天气呢。如何还选中了这样一条烂路。"

一个尖锐的声音从林中传出来："你此话说给谁听呢？"

麻脸汉子登时呆了，忙不迭说道："在下一时性急，说得不妥，望大人原谅呢。"

"如此聒噪，扰乱了人心，留神你的脑袋。"

麻脸汉子立时哑声了。

那个尖锐的声音继续喝道："快些行进。上峰有令，迟误者，斩！"

贰柒

雨松松紧紧下了一夜，天亮时或是乏力了，方才停歇下来。

天放晴了。

白玉堂与展昭吃过早饭，便双双上马，踩踏着浮着阳光的泥泞道路，去了陈阳城，马汉带了十几个捕快随同去了。

一行人即要进陈阳城门的时候，天竟又是阴沉下来，渐渐起了大风。展昭仰头望望天色，略加思索，便与白玉堂商量了一下，让马汉带着捕快们去河边寻两只渡船。

展昭、白玉堂骑马进城，二人在陈阳衙门前下马，便让衙役去通报，不一刻，陈阳县令许子由慌里慌张地迎了出来，许子由曾在东京拜访过包拯，即与展昭相识。他拱手向展昭、白玉堂笑道："下官不知展大人、白义士驾到，有失远迎，恕罪恕罪！"

> 姓展的你要来，也该事先通知一声呀，弄得老许这通手忙脚乱。你总不是来巡视的吧？

展昭、白玉堂相视一笑，展昭拱手道："许大人客气了。"

许子由呵呵笑了，便侧过身子，伸手引路："二位请。"

展昭笑道："许大人请。"

展昭、白玉堂随许子由进了衙门，许子由引二人在大堂坐下。衙役端茶伺候了，彼此寒暄了几句，展昭便问："许大人，妙笔山是何人封锁？"

许子由皱眉道："传说九贤王到妙笔山巡游，闲人游客一概不让接近，担心扰了王驾。阜阳太守杨守知大人曾上山拜望，说是也被挡了。或是九贤王在镇风寺修行呢。"

白玉堂一旁问道："王爷游玩多少日子了？"

许子由想了想："大概有半个多月了。"

展昭问："九贤王与许大人说过些什么吗？"

许子由苦笑摇头："二位大人试想，连杨大人都见不到九贤王，在下这区区七品知县，还能上得了台面吗？更是连影子也不会见到了呢。"

白玉堂奇怪道："此事与官阶无涉，九贤王既然来到陈阳地界，就应该与地方官员见面，这是礼数。王爷为何不见大人呢？"

展昭也讪笑着问道："许大人既然没有见到九贤王，如何就认定是九贤王呢？"

许子由笑道："我虽然没见到九贤王，我之前却见到了赵允勉将军的副将了呢。"

展昭惊异："大人是说，赵允勉将军到陈阳了？"

许子由皱眉点头道："半月前，赵允勉将军路过陈阳县衙，他的副将黄玉将军曾与下官见了一面。黄玉将军说，九贤王要来阜阳游玩巡视，或是要来陈阳县妙笔山一游。黄将军走后三天，两个王府的差人拿着九贤王的名刺找到衙门，说王爷要游妙笔山。我便要派衙役们去清理妙笔山。我还没张嘴呢，那差人便说，王爷带着随身卫队，已经封锁了妙笔山。我提议给王爷接风洗尘，差人也替王爷回了。我便不敢再说什么了。展大人呀，我刚刚说过了，我们这些县令一级的小官员，末品末流，哪里敢多嘴问一句呀？如果哪一句再问出些事故来，岂不是自寻苦头吗？展大人，您说下官说的是也不是？"许子由说到这里，一脸的沮丧与无奈。

展昭点头苦笑了："许大人说的是呢。"

许子由却又说道："不过，昨天下午，有衙役报我，说九贤王已经离开了妙笔山。我今早便差人去看地，果然已经撤除了警戒。"

白玉堂愣怔了，不解地问："走了？"

许子由点头："确实走了呢。"

展昭与白玉堂相视点头，二人便起身告辞。

许子由不敢多问，便起身送二人出了衙门。

展昭与白玉堂出了陈阳城，策马去了河边渡口，此时的风越发地凶猛了，陈阳河中的白头浪，茫茫的一片，如煎盐叠雪一般了。马汉带着捕快们已经寻了两只大船，被风横扫着，抵在了岸边。展昭、白玉堂下马，在风中上了船，便带着马汉一干捕快去了妙笔山。

十几里水路，顺着风势而渡，颠颠簸簸，总算到了。众人下船去看，果然如许子由所说，警戒的官军已经撤走了。

展昭与白玉堂便裹着大风，沿路上山，马汉带着一行捕快跟在后边，他们拾级而上，一直走到了镇风寺。风竟渐渐小了下来。

展昭笑一声："镇风寺，果然镇风呢。"

白玉堂也笑："莫如说是展护卫的威风镇风呢。"

名山宝寺，妙笔山上的镇风寺果然名不虚传，或是官军们封锁得久了，刚刚撤走，香客们便顾不得大风天气，却是蜂拥而至。

白玉堂看了看香火四散的寺院，对展昭说："展兄，还是让捕快们上山搜索一下，看看有什么异常。或许能找到些蛛丝马迹呢。"

展昭点头："说得在理。"转身对马汉道："马兄，立刻派弟兄们上山去搜索，看看有什么可疑之处。"

马汉便带着捕快们匆匆上山去了。

展昭四下看了看，苦笑道："玉堂呀，若是晴天里，这里风景定然不错呢，这大风的天气里，确是坏了游人的兴致呢。"

白玉堂摇头苦笑："山水不是无情物，似你我这样满腹心事，即使不是这风中的天气，也欣赏不了山清水秀的风景呢！"

展昭苦笑叹气："唉，为人作差，何曾有一日清闲自在呢？"

白玉堂四下环顾，皱眉说道："怕是这妙笔山内，有什么文章呢。"说罢，便走出寺去了。

展昭也随后跟出来，二人便站在镇风寺外，有些发呆。

白玉堂突然问道："展兄，你认为这许子由说得真切吗？"

展昭笑了："许子由嘛，他断不会，也不敢欺哄我们，只是那个九贤王来妙笔山的说法，却是奇怪了呢。再有那个黄玉将军，我却是从来没有听说过呢。"

白玉堂诧异道："他们走得如此之快，莫非听到了什么风声？那天我曾问一个军官，他告诉我，至少月有余呢。"

展昭摇头："不会，我们商议来这里查访，并无他人知道，他们断是听不到什么风声的。"

白玉堂点头："那就只有一个可能了，他们已经完成了他们想做的事情。只是，他们在妙笔山做了什么事情呢？"

展昭点头："说的是。"

正在说话，一个捕快匆匆跑过来，对展昭说道："展大人，马捕头让你们快些过去，果然在三尊洞内发现了一些名堂呢。"

展昭、白玉堂相视一怔，展昭道："去看看。"

妙笔山中，除却镇风寺这一个寺院有旺盛的香火，其实还有几个山洞也颇有些名头。据传有唐一代，陈阳城内有一个姓吴的财主，曾在镇风寺听高僧讲学，深受教化，便出资雇工，在这几个山洞内，雕刻了许多佛像，而在最大的一个山洞内，这位吴财主突发奇想，竟是雕刻了释迦牟尼、孔子、老子的塑像，取名三尊洞。完工之后，便常常有人来此上香跪拜。

展昭和白玉堂便去了三尊洞内，展昭一脚踏进去，张目四下望去，便失声叫道："玉堂呀，果然是有些名堂呀。"

三尊洞内，竟然被人挖了三个排列有序的硝池，硝池旁竟是堆积如小山般的下脚料、废弃物。再往洞内深处走，眼前便宽阔起来，有两处数丈见方的作业平台，每个作业台面上均有几个硝池和大大小小的灶台。

白玉堂皱眉："他们生产这些硝石，做什么用呢？"

展昭讪笑道："有何奇怪，除去做火药，断无旁的用途。"

白玉堂哦了一声，摇头叹道："展兄说的是，我们却迟了一步呢？"

展昭醒悟过来，顿足道："是了，是了呢。只是我等愚昧迟钝，竟然放走了这般人呀。"

白玉堂仰头看看天色，风渐渐小了，他呵呵笑道："展兄呀，休要再提这等沮丧的事了。咱们下山去吧。这风单薄了许多呢。"

展昭便与白玉堂下山。

风势果然弱下去了。他们一行到了山下，乘了渡船，回了陈阳县。众人刚刚上岸，却见一队人马急驰而来，定睛去看，为首的竟然是陈阳县令许子由。

转眼间，许子由便到了展昭、白玉堂面前，许子由翻身下马，喘息未定，便向展昭拱手道："展大人，下官正要去妙笔山中寻你们呢。"

展昭疑道："许大人何事？"

许子由道："阜阳太守杨守知大人，请你们速去阜阳衙门。"

展昭一愣："什么事？"

许子由道："杨大人让我告诉你们，范家庄丢失的车辆已经被发现，失踪的区化龙公子也被找到了。"

展昭一愣，看了看白玉堂。

白玉堂扬眉一笑："好事呀。"

贰捌

卢方、徐庆、蒋平扬鞭策马赶路，日夜兼程奔向东京。

三人刚刚进入南阳地界，卢方衣领上的鸽哨突然响了起来。卢方抬头去看，一只信鸽鸣着阵阵响笛降落下来，直落到了卢方的肩上。

三人匆匆带住了坐骑。

卢方捉了信鸽，取下书信，竟是包拯写来的。

包拯在信中命令，卢、徐、蒋三人，即刻分头去南阳、阜阳、安阳三地，随三地通商贸易的物资去三关。

卢方放了信鸽，转身与徐庆、蒋平商议。

徐庆皱眉道："大哥，我们这差事办得也过于劳累了。为何这般来来回回疲于奔命呢？想来后悔，真莫如回陷空岛快活呢。"

蒋平讪笑道："三哥切莫牢骚呀。"

卢方苦笑道："公差之事，历来如此。"

徐庆皱眉叹气："但听大哥吩咐。"

> 难怪徐庆牢骚，这种半路上屡屡改动命令的事情，让三人感觉没头没脑。好比让你参加篮球比赛，你刚刚进了一个篮，包拯裁判突然改章程了，让你赶紧换场，去比赛跳水。你还没换衣服呢，包裁判又改章程了，让赶紧换跑鞋，参加百米跨栏。估计你能怎么样？你得彻底崩溃！表情萌萌哒！

三人匆忙商议了一下，徐庆、蒋平建议卢方去南阳府检查，他二人这样建议，因此地便是南阳地面，卢方可直接去南阳衙门，不必再辛苦跑路了。徐庆去安阳，蒋平去阜阳。

卢方长叹一声："三弟、四弟，如此照顾愚兄，倒叫我不知说什么好了呢。细细想来，这一趟本来平常的差事，办得如此不顺利，确是为兄无能，带累了两位贤弟呀。"

蒋平摆手苦笑道："大哥呀，话不必如此说。应该是蒋平有力不逮，不能为大哥驱使呢。"

徐庆嘟囔道："非是我牢骚满腹，想我兄弟三人，办得这叫什么窝囊差事呢？先是丢失了一百辆车，还没有下落呢，这区公子却又失踪了。还没有个结果呢，包大人突然调回我们，分明是对我们不满意了呢。我们还没到东京呢，又要让我们检查通商货物。我猜想，会不会是老五背着我们与包大人传递了什么消息？"

蒋平忙道："三哥断不可这样想，五弟岂是那种人？"

卢方也道："三弟呀，没有证据，断不可这般猜想。"

徐庆叹了口气："我本是个粗人，不善心机。可是这几天，蹊跷的事情频繁发生，不由得我不猜测呢。老五好像从天上掉到了范家庄，而我们偏偏在范家庄频频出事……"

卢方摆手："且不说这个了。包大人既然下令，我们还是赶紧各自办差去吧。就此别过了。"

三人在马上拱手告别。

卢方有些不舍地道："两位贤弟，一路顺风。"

徐庆、蒋平齐声道："大哥保重！"

三匹马各自分头奔驰去了。

> 行文到此，耳菜感慨一句：问世间，谁爱马不停蹄？多是身不由己！

贰玖

阜阳府衙门前已经戒备森严，百十名士兵手持刀枪，分列排开。刀枪在阴郁的天空下，闪着警觉的寒光。

许子由带路，展昭、白玉堂、马汉带着十几个捕快匆匆赶来，他们在阜阳衙门前翻身下马。

早已经等候在衙门前的阜阳太守杨守知，上前两步拱手迎来。

杨守知笑道："展大人，下官杨守知拜见了。"

展昭拱手道："展昭拜见杨大人。"

杨守知又与白玉堂见过礼。

杨守知笑道："展大人，衙门里的捕快在搜捕一名逃犯时，意外在阜阳城外的野树林中，发现了一批车辆。在此之前，下官曾接到报案，说范家庄几日前曾丢失过一批车辆。不知是不是这些车辆？还要劳烦展大人及诸位官差前去认证一下。"

展昭道："多谢杨大人。"

杨守知道："展大人客气了。杨某职责所在，理所当然。两位且到衙门稍坐。"

展昭道："公务在身，还请杨大人带我们到现场。"

杨守知点头："请了。"

展昭欠身："杨大人请。"

衙役牵扯马过来，杨守知翻身上马，展昭与白玉堂也随之上马，马汉带着捕快紧随其后，随着杨守知匆匆去了城外。

野树林在紫藤山脉低矮的丘陵中，距离阜阳城有二十余里，是一片宽阔茂密的野生丛林，多是桦树、樟树、杨树、柳树种种。丛林方圆延伸了几十里，林中有狭窄的道路，直通紫藤山中，越过紫藤山脉便是河南地界。丛林深处，常有猛兽出没，来往河南的商旅，为了省力抄近，多是结伴或有猎人向导，才敢穿越这片丛林。杨守知带着众人赶到黑树林时，早有阜阳的捕快与士兵们看守着树林。

杨守知与众人下马，徒步进了野树林，走进百余步，果然看到那一百辆车停在树林里。区化龙衣衫不整地坐在树林里，目光呆滞。他听到了声音，便转身望去，见到白玉堂等人进来，便高声大喊起来："白义士，快来救我。"

展昭失色道："区公子，你让我们好找呀！"

叁拾

"哐"的一声，一只精致的定窑茶壶摔在了地上，登时四分五裂。

李老板哈哈笑道："他们果然是个呆呀！"

马更玉心里疼得突突要冒血，他实在搞不明白，这个李老板为什么一高兴就要摔东西呢？这是什么毛病呢？可马更玉不敢发作，这个李老板是他的老板。他更恨自己，为何就不长记性，还要用这定窑茶壶给这个王八蛋老板沏茶呢？这可是十几两银子买来的呀。

世间谁都能视钱财如粪土，前提是：别人的。

李老板似乎看破了马更玉的心思，他指了指马更玉桌上的定窑瓷器，讥讽地笑道："马老板，你从哪儿弄来的这些赝品呢？"

马更玉苦脸说："李老板呀，这哪里是赝品呢？这可是真正的定窑呀！这一只茶壶要了我十二两银子呢。"

李老板嘿嘿冷笑了："算了吧，你果真看走眼了呀。等这件大事办完，我给你一车真正的官制定窑。"

马更玉怯怯地问一句:"李老板也喜欢定窑?"

李老板淡而无味地笑道:"我喜欢定窑,就是一个字。"

马更玉来了兴趣:"敢问老板,哪个字?"

李老板轻轻吐出一个字:"摔!"

> 靠!老板你可真任性!

叁壹

展昭、白玉堂、马汉带着狼狈不堪的区化龙,押解着一百辆失而复得的马车,回到了范家庄。

一路上,区化龙闷闷不乐,长吁短叹。展昭皱眉问:"区公子,你究竟是被何人绑架?"

区化龙苦脸道:"我也不知道呢,那天屋中突然闯进几个蒙面人,天上掉下来似的,为首的一个凭空朝我吹了些面粉似的东西,应该是迷魂药之类,我便什么也不知道了。醒来之后,才发现被关在一个黑暗的房间里,便是不知岁月了。后来,我又晕过去了,再醒过来,又发现自己已经被绑在了那片树林里。再后来……你们就赶过来了。"

展昭若有所思:"区公子呀,看来你这一趟相亲,途中不会顺利呢。我们切要小心。"

区化龙连连点头:"展护卫说的极是。"

一路说着话,就进了范家庄。

到了范月婷宅前，眼前景象让众人悚然惊了。

范家的街门已被砸坏，白玉堂心里叫声不好，飞身进了院子，但见范月婷躺在了血泊中，白玉堂上前细看，范月婷前心处被一支镖击中，血从胸前流出来。她应该死得很突然，她的目光是僵直的。她在临死前似乎是受了惊吓。

张五多和两个家佣也躺在距离范月婷几步远的地方，都是胸前被镖击中流血。白玉堂上前细看，也都死去了多时。

区化龙惊呼道："谁杀死了范姑娘？"

> 是呀，谁干的？轻轻地来，轻轻地走，挥一挥凶器，不留下一个活口。

没有谁理会区化龙的喊声，众人匆匆进屋查看，各个房间都被翻腾得很乱，应该是拿走了什么东西。白玉堂从屋子里取来一块白绸子，走到院子，盖住了范月婷。他心里一阵疼痛，他不承想会发生这种祸事。白玉堂目光空茫地环顾四周。人们都无声地望着他。

白玉堂喊过张龙，要他带捕快去县城买几副上好的棺材。

张龙答应一声，匆匆去了。

张龙前脚出去，猛听得梆子声乱乱地响起来，众人抬头看，头上已经是火光冲天。白玉堂大叫了一声："不好！"

展昭急声喊道："救火呀！"

仓皇失措之下，众人跑着救火了。

原来是范月婷的邻居不小心碰翻了灯火，燃着了草棚，火借着风势，又燃着了范家的厨房。由此，邻接几户人家，都起火了。展昭、白玉堂带着捕快们奋力扑救，整整一个时辰，才将火势熄了。

白玉堂疲惫地回到范宅，一脚踏进院子，却大吃了一惊。

范月婷的尸体却不见了。张五多及两个仆人的尸体也不见了。

人们百思不解，是何人盗走了范月婷几个人的尸体呢？盗几具尸体有何用途呢？

白玉堂原来准备在范家庄外的青藤山找一个地处，给范月婷下葬，此时已经不能了。

黄昏时分，张龙与几个捕快引着棺材铺的马车，拉来了几口棺材，摆在了院中。众人都看着白玉堂。

白玉堂想了想，只好将范月婷的几件衣服拣出，放在棺材里，暂时做成一个衣冠冢。他对范月婷的邻居们讲，等找回范月婷的尸体再正式下葬。

夕阳西下，白玉堂带着捕快们将装殓了范月婷衣服的棺材抬到村外，拣一块地厝葬了。

救了一场大火，确让众人筋疲力尽。这一夜，人们睡得安稳。

第二天一早，天空已经放晴。

展昭起来，走出屋子，但见白玉堂在院子中束手呆立。

展昭一时无话可说，范月婷的死，必定给白玉堂带来巨大的悲痛。他不知道如何安慰白玉堂。

白玉堂似乎并不在意，淡然对展昭道："展兄，起程吧。"

展昭点头道："说的是，这个范家庄确是个凶险之地，不可久留呢。"说罢，便要出门去传令众人。

张龙突然赶来："不好，区公子被人伤了。"

白玉堂一怔："被何人伤了？"

张龙摇头："凶手跑了。"

白玉堂与展昭相视愣住了。展昭道："我们去看看。"

二人便匆匆去了区化龙住的院子。

区化龙神色惊慌地坐在院子里的一只石凳上，他的臂上被人砍了一刀，鲜血淋漓。陈小三与月秋香在一旁给区化龙包扎。

陈小三抬头看到展昭与白玉堂进来，满脸惊恐地喊道："展护卫，果真有刺客呢。"

展昭走到近前，皱眉问道："怎么回事？"

区化龙惊魂未定地说道："刚刚要如厕，张龙、赵虎二人便在厕前守卫，殊不知，刺客竟在厕内埋伏，我刚刚进去，那个蒙面刺客便挥刀砍下，我躲闪，臂上却中了一刀。张龙、赵虎听到动静，便冲了进去，那蒙面刺客便翻墙跑了。"

街门外一阵急促的脚步响，众人转身去看，蔡越与李冲匆匆跑进院里，二人惊慌失措。蔡越急道："哪里的刺客？"

陈小三不高兴道："你二人去哪儿了？少爷都被人伤了。"

月秋香恨道："二位师傅，你们还尽职尽责吗？"

李冲朝蔡越嚷道："你不是在公子身边吗？"

蔡越反唇相讥："你又去哪里了？"

区化龙不耐烦地喝道："你二人整日里争吵，还能顾及刺客吗？"

蔡越、李冲便不敢再说了。

白玉堂察看了一下行刺的现场，若有所思。

区化龙看着展昭，苦脸道："展护卫呀，顾不得什么刺客了呢，我们要赶紧上路呀，且不说我岳父大人，必定在杭州望眼欲穿，只说这范家庄，果真是成了杀机四伏的凶险之地，范姑娘都死不见尸了，真是令人惊悚。君子不居险地，我们还是速速离去为上策。"

展昭点头道："区公子说的是。我们这就走。"

叁 贰

红红的太阳从东山再起，距离阜阳城十余里，一座山名叫白石坡，半山腰的小树林中，范月婷与张五多几个人向外探头观望。

范月婷看着区化龙相亲的车队缓缓经过。

范月婷对身旁的张五多道："五多呀，主人让我们诈死，到底是何用意呢？"

张五多讪笑道："这个嘛，或是主人别有深意。范姑娘，不可问，便不问。"

范月婷点头："月婷一时口急了。"

张五多冷笑道："你记住就好。"

范月婷皱眉："我们下一步如何动作？这总可以问吧？"

张五多怔了一下，便笑了："你莫要耍小姐脾气嘛，我只是提醒你。主人要我们一路尾随他们。如何行动，主人会随时吩咐。"

范月婷点头："月婷记下了。"

张五多道："我们分开走，我跟随相亲车队，相机行事。你先去一趟阜阳城，督促检查一下马更玉，这人或是不想离开呢。"

范月婷点头道："我这就去了。"

范月婷便顺着山道去了。

张五多看着范月婷远去了，即对众人道："我们走，注意隐身，莫让白玉堂看到。"

叁叁

按照展昭的行进计划，相亲的车队不入阜阳城，绕城而过，直取泰州官道。

连续几天的秋雨，道路仍然有些泥泞。相亲车队行进得缓慢。

区化龙有些着急，他担心若误了行程，杭州的朱小姐会悔婚的。他让陈小三去催促展昭。展昭与白玉堂相视一笑，展昭便传令车队加快速度。

车队过了阜阳地界，前边就是与泰州交界的凤凰山。

凤凰山是一片低矮的丘陵，道路盘山而上，还算宽畅。车队正在沿山路逶迤行进，忽听到一阵鼓乐之声。白玉堂抬头去看，但见一顶披红挂绿的彩轿迎面走来，走在轿前的是十几个乐手，吹吹打打，似乎是个有权势的人家，前呼后拥。

白玉堂让队伍停下，闪在路边。

展昭笑道："相亲的路遇迎亲的，玉堂啊，这应该是个不吉利吧。"

白玉堂也笑道："亲亲相遇，展兄如何说不吉利呢？有何见教？"

展昭哼了一声："但听他们吹打的乐曲，便不似迎亲的了。再有，这迎新的队伍，如何没有女眷，皆是精壮的汉子。"

白玉堂点头称赞："展兄好眼力呢。"

展昭笑道："玉堂呀，你已经看出，何必将这个精明卖与我呢？"说罢，朝身后的捕快们低低地喊了一声："准备迎战。"

张龙、赵虎、马汉、蔡越、李冲拔出刀剑，虎视眈眈。

白玉堂对展昭低声道："我去保护区公子。"

区化龙看白玉堂过来，皱眉道："白义士，如何又停下来了呢？"

白玉堂指了指前方，笑道："区公子，你看到了什么？"

区化龙笑了："那是迎亲的队伍。迎亲的路遇相亲的，这应该是个吉利呢。"

白玉堂笑道："刚刚展护卫也这样说过呢，只是展护卫多说了一个字呢。"

区化龙疑问："哪一个字？"

白玉堂冷笑："展护卫说的是不吉利。"

区化龙疑道："如何不吉利呢？我看……"

区化龙话音未落，那一队迎亲队伍已经走到近前，但听到凭空一声尖厉的口哨，那支迎亲的队伍便四下散开，各自拔出刀剑疯狂地冲过来。

展昭横眉冷看，大喝一声，拔剑对冲上去了，捕快们也紧随其后，登时道路上便混战开了。

喊杀声一时震耳欲聋。

区化龙急道："白义士，你莫要看护我，你快去助战！"

白玉堂冷笑道："公子且莫担心，区区几个毛贼，不在展护卫话下。不须白某劳动。"

叁 肆

或是就在展昭与刺客们交战的时候，范月婷跟着马更玉到了阜阳的街中，马更玉的几个伙计紧随其后。

正是繁华的当口，街中的行人川流不息。

连日的秋雨，使得街中的空气有些清冷了。

午后的阳光也松松垮垮的，长不起热烈的精神。

马更玉走到街中，不禁回头看了看，范月婷看出，马更玉的目光有些依依不舍。范月婷心下理解，马更玉此一去，大概再也回不来了。这个马氏私家菜馆，马更玉毕竟辛苦经营了几年，如此匆忙扔下，他心中难免不舍。

范月婷便笑道："马老板，果然有些不舍呢？"

马更玉苦笑道："范姑娘，你说的是呢。"

范月婷收了笑容："马老板，还快些吧。若是被官府查出了底细，你就真走不脱了呢。"

马更玉笑道："范姑娘，你且宽心呢。那糊涂官府哪里知道马某的底细呢。"

范月婷讥讽道："马老板，你切莫小视了官府，他们耳目众多，若是发现了些蛛丝马迹，我们便是真的走不脱了呢。耽搁了你的性命却是小事，若是误了老板的大事，谁能兜得起呢？"

提到了老板，马更玉心里悚然惊了一下，忙笑道："范姑娘说的是呢。"

一行人便慌着出城去了。

叁伍

拦路行刺的队伍来势汹汹，却是不禁打呢。片刻之时，这一队化装成迎亲队伍的刺客们，便四下溃散。

展昭却不让捕快们追赶，他命令队伍继续加速前进。

展昭低声问白玉堂："玉堂弟，果然是奇怪了呢。为何总是有人劫车呢？准确些说，这些人为何总是知道我们的行走路线呢？"

白玉堂低声笑道："没有家贼，引不来野鬼。当然是我们中间有人给他们指路呢。"

展昭疑道："内鬼？"

白玉堂左右看看，低声道："展兄，你有没有发现，捕快们的战斗力越来越差了呢？"

展昭疑道："确是如此呢。刚刚一战，我已经看出，一些捕快竟然力有不逮呢。"

白玉堂皱眉叹道："我们的捕快多数李代桃僵了呢。"

展昭大吃一惊："玉堂，你是说……"

白玉堂点头："我们的捕快多是被他们换掉了呢。"

展昭皱眉："我为何没看出来呢？"

白玉堂摇头笑道："展兄平日里总在包大人左右，与这些捕快不相往来，怎么会认得出呢？"

展昭点头："说的是呢。可是马汉呢？张龙、赵虎呢？他们难道也看不出吗？"

白玉堂苦笑道："马汉、张龙、赵虎三位，在开封府办差，也是各自带领自己的捕快，他们或只是认定陌生的捕快不是自己的手下罢了。我适才在途中，细心观察过了，开封府共来了三十名捕快，现在已经被他们暗中换掉三分之二了。"

展昭一时哑口无言。

白玉堂讥讽地笑了："展兄，他们苦心营造了这个迷局，却不知晓已经被我们识破了呢。走吧，他们正等咱们呢。"

展昭看看白玉堂，叹道："如此，我才悟出包大人为何瞒住薪炭局失窃一案，包大人已经看出这案子不同寻常，才命人暗中调查。玉堂，我问你，你是不是在薪炭局失窃第二天，便是去了东京？"

白玉堂点头："我是被公孙大人飞鸽传书叫到东京的。我奉包大人之命，暗中调查了几天，便来范家庄等候了。"

展昭叹道："当年包大人不强留你在东京，除却你性格不受拘束的理由外，还有包大人的心理呢。你和包大人虽交浅却言深，一见如故，有着兄弟般的情谊呢，所谓兄弟不共处险地是也。你在江湖上，包大人在东京城内，彼此之间，多是照应呢。想到这一层，好叫展某羡慕，也让展某感慨万端呢。"

白玉堂正色道："展兄呀，玉堂与包大人只是君子之交，断无你们与包大人的情谊呢，却让我想起李太白那'试问东流水，别意谁短长'的诗句了。"

展昭摆手笑了："不再说了，似是我有了忌妒之心了。"

正说着话，在前边探路的张龙策马回来，对展昭说道："展护卫，前边是一个名叫李家集的村子。我们是继续赶路，或是就在李家集歇了呢？"

展昭想了想："经过刚才一场遭遇，众人或是有些心神不宁了。就在李家集歇一晚吧。玉堂弟，你说呢？"

白玉堂点头道："展兄说的是，刚刚一场打斗，虽说是有惊无险，却是让区公子等人心神疲惫了。且在李家集歇一晚再走。"

展昭便对张龙、赵虎说道："你二人且赶到村里打前站吧。"

张龙、赵虎答应一声，二人便策马去了。

车队缓缓地向前去了。

叁陆

车队到了李家集村口，张龙早已迎在那里了，说已经找到地保。说着话，地保就颠颠儿地跑来了，是个五十多岁的老汉，姓李。李地保笑呵呵地说，他安排好了众人的住处。

李地保带着众人进村，逐一安顿好了，太阳尚未落山。

区化龙对展昭说："展护卫，这一路上走得着实不爽，在下心情十分抑郁，我去村外转转，散散闷气。"

白玉堂笑道："区公子果然有闲情逸致呢。"便让张龙、赵虎相跟着去了。展昭叮嘱张龙、赵虎，要小心伺候。

蔡越、李冲也跟着区化龙去了。

李家集是个小村落，村道很狭窄，区化龙一路走着，左顾右盼，不觉之间，已经走出了村子。

秋高气爽，李家集村外的风光清澈宜人。

区化龙长长吁出一口气，对张龙等人笑道："这里的景色果然清静自然啊。"

张龙笑道："公子或是一路上劳累了。"

李冲也笑道："看得出公子此时神清气爽了呢。"

几个人说着话，暮色渐渐地彰显了，区化龙仍然大步走着，身后紧跟着张龙、赵虎、李冲、蔡越。有了上一次的教训，这四个人再也不敢离开区化龙半步。

区化龙对四人说道："咱们去前边看看。"

村外的景色，十分空蒙。区化龙心下便有了悠然自得的感觉，他突然感觉口渴，他对张龙道："你回村取壶茶来。"

张龙与赵虎相互看看，赵虎拱手道："区公子，天色晚了，公子还是回去吧。"

区化龙摆手笑道："不妨，不妨。我已经郁闷几日了，今日心情方觉舒畅了些，这田野的风光，果然宜情，让人流连忘返呢。你们哪个回去一趟，让陈小三把我的茶壶取来。"

张龙与赵虎相互看看，张龙无奈说道："公子不可走远。我片刻便回来。"说罢，便匆匆回村去了。

区化龙正在兴致勃勃地看景色，蔡越与李冲再度争吵起来。区化龙听得心躁，怒声骂道："你二人不必再相跟了，先回村吧。我听你们争吵就心烦意乱，心情全败坏了。"

蔡越、李冲不敢再说什么，便转身回了村子。

区化龙看着二人远去了，便对赵虎说道："你随我去远处转转。"

二人走了几步，突然，赵虎感觉脚下一滑，竟是被一根绳索绊倒了。区化龙讪笑道："赵虎捕头，你如何这样不小心……"话音未落，但见一片寒光闪扑向了区化龙。区化龙看得明白，竟然是草丛中蹿出来一个蒙面人，纵身挥刀砍他。他惊叫一声，随之身形一晃，便躲开了这偷袭的一刀。

赵虎于暮色中看得明白，大喝一声，即鹞子翻身，腾空跃起，刀已经挥在手中，上前迎了那蒙面人。

二人缠斗在了一处，孰料这蒙面人竟然勇猛，仅几个回合，赵虎的刀便被凌空磕了出去，那蒙面人却不再与赵虎纠缠，回身寻找区化龙。区化龙已经跑出十几步，蒙面人便凌空八步追赶过去，上前一脚便踢中了区化龙，区化龙大叫一声，便似一只空袋子，飞了出去。

蒙面人鄙薄地冷笑一声，走上前，挥刀就砍下去，只听凭空里"咣"的一声，蒙面人的刀竟然磕飞了。定睛一看，却是白玉堂站在眼前。

白玉堂讥讽地笑了："果然大胆，竟敢在这里行刺。"

蒙面人大叫一声，从怀中拔出一柄短刀，扑向了白玉堂。

白玉堂怒喝一声，身形晃动，早已腾空跃起，这一跃如鸟儿一般轻盈，蒙面人刺空了。白玉堂挥刀击飞了蒙面人的短刀，再一脚，踢翻了蒙面人。

就听到有人高声喊道："好贼子，哪里跑？"竟然是蔡越与赵虎双双追赶上来，蔡越抢身上前，先一脚踏住了蒙面人。

白玉堂先去扶起张皇失措的区化龙。

区化龙惊魂未定，颤声对白玉堂道："白义士，多谢……搭救。"

白玉堂笑了笑："公子莫客气。"他放下区化龙，向倒在地上的蒙面刺客走去。

赵虎伸手扯下了那刺客的蒙面，赵虎却惊恐万状地大叫起来："李冲，如何是你？"

正是李冲。

蔡越惊讶极了，怔了一下，才破口骂道："你这贼子，如何敢刺杀公子。"

白玉堂却并不惊讶，他皱眉看着李冲，淡然问道："李冲，你要如实说来，为何刺杀区公子？"

李冲埋头，一言不发。

蔡越骂道："白义士，何必与他废话，杀了他便是。"说罢，便挥刀上前，却被白玉堂拦了。白玉堂笑道："蔡师傅，不可急躁。"

白玉堂又看了看李冲，嘿然笑道："李冲，我再问你一遍，你为何要行刺区公子？"

李冲恨恨地说："区家父子当了江湖的叛徒，人人得而诛之。"

白玉堂讪笑道："你或是为了替什么人报仇吧？"

李冲怔了一下："什么人？"

白玉堂道："当然是你的主人，你本来就是你主人的手下。"

李冲摇头冷笑："我听不懂你说些什么。"

白玉堂笑道："你死到临头，不想说点什么？"

李冲恨道："白玉堂，你是朝廷的鹰犬，你不得好死。"

白玉堂摇了摇头："李冲，你不应该骂人的。本来，我不想杀你，因为我念你是一个忠义之士。可是，你骂人了，就证明你只是一个奴才。"说罢，他拔出刀来，一刀挥下，李冲的人头登时滚落了。

区化龙登时脸就白了："白义士，你真杀了他？"

蔡越与赵虎也惊异地看着白玉堂。

白玉堂淡然道："如果不杀他，他的同伙就得放走了他。"

区化龙惊魂未定："他还有同伙？"

白玉堂点头："同伙就在咱们的车队里。"说罢，他转身向蔡越、赵虎道谢："蔡师傅、赵捕头，今天多亏你二人帮忙呢，险些让李冲这个贼子逃脱了呢。"

蔡越的脸色有些灰白，他不好意思地拱手："白义士羞臊我呢。"

赵虎也难为情地摆手："白爷呀，这样羞臊我二人，便是要寻个地缝儿钻了呢。"

白玉堂呵呵笑了："诸位，且回村吧。"

一行人便回村里。

白玉堂进了展昭的房间，刚刚坐下，喝了口茶，还没容他与展昭说区化龙险些被刺的事情，门外一阵匆匆的脚步响，抬头去看，竟是马汉。马汉道："展护卫、玉堂弟，泰州知府的庚广元带人来了。"

展昭与白玉堂听得一怔，二人急忙起身迎出去了。

但见庚广元带着几个衙役在门外恭候。庚广元60开外的年纪，精神却十分轩昂。

庚广元拱手道："庚某奉包大人命令，在此迎候区公子一行。"

展昭笑道："庚大人辛苦了。"

庚广元摆手道："下官为朝廷办差，说不上辛苦二字。"

展昭欠身道："庚大人，屋里请。"

众人进了屋，相对坐了。

几句寒暄过后，展昭问道："庚大人，此地距离泰州城还有多远？"

庚广元笑道:"也就是五十里的路程。"

展昭沉吟了一下,点头道:"泰州之后便是徐州了。"

庚广元道:"确是徐州。"

展昭哦了一声,便看白玉堂。白玉堂问道:"庚大人,我们必须走泰州吗?"

庚广元笑道:"白义士,泰州确是必经之路。"

白玉堂点头:"是了。"

庚广元看看展昭:"不知展大人何时启程?"

展昭笑道:"即刻动身。"

叁柒

相亲车队跟随庚广元进入泰州城时,天色已向晚。

庚广元引路去了驿站,给一行人安排了食宿。安顿之后,庚广元便引区化龙、展昭、白玉堂三人去了泰州衙门,喝茶小坐。

泰州的衙门竟是出人意料地冷清,当值的衙役竟也没有,等了好一刻,才有一个衙役端茶上来。

展昭疑问:"庚大人,偌大的一个知府衙门,为何这般落寞呢?"

庚广元苦笑着摇头:"展大人有所不知,泰州连年蝗灾,朝廷赈灾的救济,却是杯水车薪。衙门用人,虽然多为报禀公事,却仍是捉襟见肘,兑付不了月俸,也便裁员了许多,以期开源节流,省略些开支用度呢。"

展昭点头叹道："庚大人说的是呀！国家连年对辽开战，国库空虚，勉强支撑，已是不争事实。可是满朝文武呢，多见骄奢淫逸、纸醉金迷之辈，谁能体谅地方财政捉襟见肘呢？"

区化龙一旁讪笑道："如果国家多些庚大人这样的官员，不谋私利，敬业守则，国库必定是渐渐充盈了啊。"

白玉堂四下打量了，嘿然笑道："果然是难为庚大人了呢。"

庚广元摆手笑道："且不说这些恼人的话题了。庚某想问的是，诸位准备在泰州歇息几日？只是……"庚广元似有难言之隐。

白玉堂笑道："庚大人不妨直言不讳。"

庚广元叹道："不瞒诸位，实在是泰州的财政尴尬，捉襟见肘，怕是慢待了诸位呀。"

区化龙看了看展昭，展昭却看看白玉堂。白玉堂说道："庚大人，这一路上，区公子多是遭遇了些惊吓，按说，我们应该在泰州城多歇息些日子。可是呢，一则，现在江湖上那些不逞之徒，对区公子追杀依然甚嚣尘上，我们不宜在一个地处久留。二则，这相亲车队，人员众多。若在泰州住上几日，人吃马喂，必是一笔大大的开支呢。我们还是早些动身为好。"

区化龙点头："确是如此。"

展昭点头："庚大人，玉堂说得不错。事不宜迟，我们还是要及早上路为好。"

庚广元面带尴尬地点点头："多谢白义士体谅，这泰州的接待也确有难处呢。出了泰州，便是徐州地界。老夫虽未能在泰州尽力，还是要送到徐州，权且算是尽责尽心了呢。"

展昭拱手道："庚大人辛苦了。"

庚广元再问："展大人不客气，不知何时出发？"

展昭还未答话，白玉堂一旁笑道："喝罢这一杯茶，便要上路。"

庚广元惊讶："我却是刚刚给诸位安排了食宿呢。泰州财政再吃紧，在泰州住上一夜，老夫也是负担得起呢。明日清晨出发，也不迟嘛。如何？"

白玉堂叹道："庚大人，这也是无奈之举，你话说到这里，我也就不再瞒了，有眼线密报，追杀区化龙的刺客，已在泰州城出现了。或是真要在这泰州城出了事情，庚大人怕是担待不起呢。"

区化龙一旁皱眉道："庚大人，白义士说得确实。"

庚广元听得皱眉，频频点头："白义士说得在理呢。这泰州地面上若是出了事情，庚某必定难脱其咎呀。如此说，还是早些动身为好呢。"

> 赶快走！你们这一行人，人吃马喂，得消耗我多少银子呀？我这儿的招待费早超标了。

白玉堂呵呵笑了："庚大人深明大义呢。"

叁捌

徐州自古为兵家必争之地，更是商贸繁华之处。东西南北皆有官道通商城内，每日里川流不息。城内几十条街道，均是商业街。恰似一条条河流，红男绿女鱼儿般往来穿梭。店铺林立，招牌各异，无数面幌子迎风招摇，各种专卖热卖的街道，更是著名。若由西门进城，你便会径直进入一条专卖布匹的商业街。名曰：布街。

布街今日来了一队二十余人的商客。赶着十几辆车，轰轰隆隆驶入了布街。商客们沿着布街边走边看，寻了一家"财源客栈"住了。

为首一个大胡子，拱手对客栈老板笑道："店家呀，我这些布匹确是绫罗绸缎。店家要好生看管。"

客栈老板笑道："客官但请放心，我家自祖上三代开店以来，还从未丢失过客人的物件呢。"

客栈老板便指挥着伙计们，把大胡子的几车货物，运放到后院的仓房去了。

大胡子叫几个随从进来，把门关了。大胡子把胡子摘下来，竟然是马更玉。

马更玉对一个随从嘿嘿笑道："且放松些吧。"

那随从便摘了帽子，竟然是范月婷。

范月婷道："马老板，我们应该如何行动？"

马更玉道："老板已经叮嘱，我们在徐州等待区化龙，未必能够得手。如果此地不能一击成功，我们便要再去杭州。"

范月婷讪笑道："尚未出手，如何就先考虑落败。这或许就是以往总不能成功的教训呢。"

马更玉尴尬地一笑："范姑娘，此事呢，或是老板思虑过于缜密了呢。"

范月婷笑道："我还要出去一下。"

马更玉皱眉问："范姑娘去哪儿？"

范月婷笑道："忘记告诉你了。来此之前，老板叮嘱过了，到了徐州，要我去一家酒店做工。"

马更玉疑惑道："到酒店做工？"他呆呆地看着范月婷出门去了。

> 酒店打工？当服务员？什么酒店？月薪多少？

叁玖

晓行夜宿，相亲车队走了两天时间，便到了徐州城下，走在前边的展昭笑道："徐州城到了，一路平安，庚大人也算辛苦了。"

庚广元摆手笑道："为官办差，说不上辛苦的话。"

白玉堂笑道："徐州城古迹颇多，庚大人且莫要急于打马回转，不妨走访凭吊一下，也好发一番思古之幽情呢。"

庚广元叹道："白义士说的正中庚某下怀，徐州城嘛，我多年不来了，确是要走马看花，感慨一番呢。"

展昭笑道："庚大人端的好兴致呢，展某只是担心你公务在身，难得盘桓呢。"

庚广元摆手笑道："难得浮生半日闲。此次奉旨送区公子一行，也算是有了借口，庚某便是要假公济私一回。"

> 这么大个干部，也跟着蹭吃蹭喝？程序正义吗？

一行人说说笑笑，便到了徐州衙门。

展昭上前报了来历，衙役慌忙进去通报了。片刻工夫，徐州太守尚未然匆匆出来，喘息未定，即拱手朝展昭道："下官不知展大人、庚大人一行到了，有失远迎，还望恕罪。"

展昭施礼道："此是送区公子到杭州的差事，一路上不事声张，便不好打扰尚大人呢。"

尚未然摆手笑道："展大人见外了呢。"

庚广元道："尚大人，我等一行，也是旅途劳累，还望早些安顿。"

尚未然笑道："此是下官职责所在，诸位随我去驿馆。"

尚未然便带着车队去了驿馆。

驿馆的房间有限，盛不下相亲的车队，尚未然便让衙役带着一半车队去了街中的客栈。

便是都安顿下来。

区化龙便对展昭笑道："展护卫，大家一路辛苦，还是给众人放半天假，去散散心吧。"

展昭便笑道："区公子果然是体恤下情呢，就依了公子。只是，如果区公子要上街，展某必是陪同左右。"

区化龙不好意思地呵呵笑了："区某正是要上街逛逛，便是劳烦展大人了呢。"

展昭摆手："区公子莫说劳烦的客套话了。"便喊张龙、赵虎、马汉，一同随区化龙上街。

白玉堂一旁笑道："白某也伴随左右了。"

区化龙点头笑道："如此最好。"

白玉堂与展昭陪着区化龙在街中闲逛，张龙、赵虎、马汉则在后边跟着。区化龙走过两条街，抬头看看天色，但见日渐西斜，便对展昭与白玉堂笑道："展护卫、白义士，咱们不妨吃些东西？我这肚子走得有些饿了呢。"

白玉堂也笑了："区公子若不提起，白某也正要说呢，果然腹中有些空落了。"

展昭苦笑："你二人或是想尝尝这徐州城的小吃呢。"

区化龙哈哈一笑，便拣近处进了一个酒家。

三人走进门来，张龙、赵虎、马汉也相跟进来。一个年轻的女老板便满脸微笑，款款地迎了出来："几位客官，想吃点什么？"

女老板长得很漂亮，区化龙看得眼睛一亮，忍不住称赞一句："姑娘好貌美，果然秀色可餐呢。"

女老板也妩媚地笑了："这位客官却是少年英俊呢。"

几个人便拣了张桌子坐了。

展昭把菜单递给区化龙，区化龙却顾不得点菜，他的目光黏在了女老板身上，笑眯眯地说道："姑娘或是天仙下凡呢。"

女老板也挑逗道："客官却是潘安再现呢。"

二人如此言语来往了几句，竟然都被撩拨得一见如故了。

展昭便点了几样小吃。伙计端上来，区化龙却似忘记了饥饿，仍是一味与女老板搭讪。

展昭讥笑道："公子呀，还是先吃些东西吧。"

马汉也说一句："公子快些吃吧，吃过了还要逛街呢。"

区化龙不舍地收回了目光，尴尬地对展昭笑道："是了，竟然忘记吃了呢。"

展昭笑道："吃罢就回驿馆了。"

区化龙心不在焉地笑道："是了，是了。"

白玉堂看着女老板，笑道："如果月老真是显灵，你与少爷真应该是天生的一对。"

女老板飞了白玉堂一眼，嗔笑道："客官呀，你好生无礼呢。"

说话工夫，众人已经吃罢，展昭便起身算账，再喊区化龙走路。马汉、赵虎、张龙已经先出了店门。区化龙有些依依不舍地随展昭走出去，白玉堂给展昭丢个眼色，展昭会意地点点头。白玉堂便坐下来继续与女老板搭讪。

太阳已经下山，暮色如潮水般涌动，渐渐深厚了。

女老板掌灯上来，对白玉堂笑道："这位爷，刚刚那位公子哥儿嘛，小女子却是没有看中呢，我与你却是天生一对呢。"

白玉堂笑道："你果然愿意同我一走吗？"

"当然愿意。"

"只是你愿意我愿意，我的家里嘛……却是不愿意呢。"

"你家里有什么？"

"提不起，我家里的黄脸婆好生厉害呢。"

"你如何不休了她？"

"舍不得呢。"

"如何舍不得？"

"我确是舍不得我那岳父。"

"为何？"

"我的岳父有钱呢。"

"你是个贪财的人？"

"人生在世，哪个不贪财呢。"白玉堂说罢，便看了看酒店，已经没有食客。

白玉堂笑道："店家不妨再上些酒来，我们一同饮几杯如何？"

女老板笑吟吟地说："好哇！"便招招手，伙计便上了一坛酒，给白玉堂倒满了一碗。

白玉堂端起酒碗，笑问女老板："你如何不饮？"

女老板笑道："这酒里有毒。"

"谁人下毒？"

"自然是我了。"

"你为何下毒？"

"自然是要毒死你呢。"

白玉堂呵呵笑了，灯光在他脸上一闪一闪，十分吊诡。他放下酒碗，却猛地伸手去抓女老板。

女老板身形好快，泥鳅一样钻了出去。

白玉堂便关了店门，苦笑道："好了，师妹，不要再演戏了。"

女老板也笑了，伸手去了假面，原来是范月婷。

> 不是当打工妹吗？怎么当老板了？屌丝逆袭？

范月婷挥挥手，店里的两个伙计便退到后面去了。

白玉堂皱眉问："师妹如何来这里？"

范月婷笑道："我为何不能来这里呢？我正要问呢，你们如何来这里呢？"

"是区化龙带我们来这里，这绝不是偶然。他来找你？"

"区化龙不是来找我，他找的人今日不在。"

"他果然不是找你？"

"他如何找我？我已经在范家庄死去了。"

"我知道你没有死。"

"你何时怀疑？"

白玉堂讥讽地笑道："你诈死之时，我就怀疑你了。"

范月婷叹道："想必你已知道了我的底细。"

白玉堂皱眉，点了点头："是包大人对我说的。我已知道你是个两面人物。"

范月婷低声道："师兄，我化装在此等候，主要是见你，给你透一个信息。张五多就在你们的队伍里呢。"

白玉堂惊讶了一下："张五多混在我们身边了？此人的真实身份是什么？"

范月婷摇头："我也不知道，我只知道是老板把他派到我身边的，其实就是监视我的。从他的身手与做派来看，此人不是个简单人物。我隐约感觉他像一个人。"

"谁？"

就听店门被"咣"地推开，白玉堂转身去看，竟是马汉慌张地跑进来。马汉惊慌地喊道："玉堂呀，出事儿了。"

白玉堂却神色安谧，淡然问："出什么事儿了？"

马汉急道："有人行刺区公子呢！"

白玉堂哦了一声，淡淡笑道："我猜测，那刺客的手段非常呢。"

马汉怔了一下，疑道："玉堂呀，你为何如此说？"

白玉堂起身笑道："咱们去看看便知道了。"

肆拾

驿馆的宽大庭院里，但听朦胧夜色之中刀剑猛烈的撞击之声。

激战正酣。

张龙、赵虎双双围着一个蒙面人，纠缠苦斗。

众人围定呆看，不知情的，或是认定这是切磋武功呢。

白玉堂、马汉前后飞马进了驿馆，二人飞身下马。

展昭迎过来，呵呵笑道："玉堂呀，不出你所料呢，刺客果然出现了。"

白玉堂看了看站在展昭身旁的区化龙，皱眉问："这刺客如何出现的？"

区化龙惊魂未定："果然是唬死人了呢。我等回到驿馆，各自分手，我正要回住处，这个蒙面人便过来偷袭。亏得张龙、赵虎在暗中保护，否则……"

白玉堂点头："刺客虽是偷袭，却是信心满满呢。"

展昭冷笑："他或是志在必得呢。"

白玉堂在旁观看，点头称赞："此人的功夫果然出众呢。"

马汉冷笑道："任他什么与众不同的功夫，今日也是走不脱了呢。"便大喊了一声："张龙、赵虎，你二人且退下，马某领教几招。"话音未落，马汉已经飞身腾空，挥剑刺了过去。

展昭皱眉叹道："这位马兄呀，如何就沉不住气呢？"

白玉堂哂笑:"若是能沉住气,必不是马汉了呢。"

见马汉来助阵,有些疲惫的张龙、赵虎便退了下去。那蒙面人急忙挥刀来挡马汉,马汉一招燕子抄水,剑便逼住了蒙面人的下三路,那蒙面人被逼得倒退了几步,却又使了一招见水搭桥的招式,反扑过来。马汉称赞一句:"玉堂端的没有说错,你这贼人的功夫果然不错呢。"便大喊一声:"张龙、赵虎,三人成虎。"

马汉话音未落,张龙、赵虎便挥刀冲过来。所谓三人成虎的招式,即是开封府的捕快们捉贼的手段,即三人合力擒拿一个人。说时迟那时快,马汉、张龙、赵虎三面出击,便演化出了三人成虎的凶狠招式,那蒙面人便再也招架不住,仓皇失措之时,左腿被张龙一刀砍中,如同一条失去了重心的口袋,轰然倒在了地上。

马汉上前,先揪下了刺客的蒙面,却大吃了一惊:"是你?"便转过身来,望着远处的白玉堂,慌慌地喊道:"玉堂弟,你猜刺客是哪个?"

白玉堂正仰头望天,天空有些愀然阴郁,白玉堂似乎不在意马汉的问题,只是淡淡地回答了一句:"蔡越。"

果然是蔡越。

马汉惊讶道:"玉堂弟,你如何知道是蔡越呢?"

展昭讪笑道:"他当然知道是蔡越。"

几个捕快上前五花大绑了蔡越。

区化龙走上前,恨恨道:"蔡越,我待你一向不薄,你如何要加害于我?"

展昭上前讥笑道:"区公子,蔡越本来与李冲就是同党呢。"

区化龙疑惑道:"那天蔡越擒了李冲,我还以为……"

白玉堂讪笑道："或是擒了李冲，区公子便误认为人莫予毒了？其实，正因为那天蔡越擒了李冲，我才戒备他的。"

蔡越疑道："白玉堂，你为何这样说？"

白玉堂哼了一声，却没有说话。

展昭讥讽地看了看蔡越："我们本来没有怀疑过你与李冲。试想，你们二人是区少安大人亲自挑选，随卢方、徐庆、蒋平一同护卫区公子去杭州的。如果你二人不可靠，区大人断不会派给你二人这个差事。想必你二人在区大人心目中，是有着极重的分量。"说到这里，展昭看了看区化龙："区公子，我们这样想对吗？"

区化龙尴尬地点头："展护卫说得不错。只是我仍然想不透彻，白义士何时怀疑他们了呢？"

白玉堂微微笑道："那天在范家庄时，有人在区公子如厕之时大胆行刺，我起初并没有怀疑是李冲所为。因为，区公子的伤，分明是被短剑所伤，而蔡越与李冲都是用刀。但是，我却有一个预感，刺客就在我们的队伍之中。是谁呢？前天下午，区公子要到村外闲逛，我暗中一路跟了过去，我怀疑刺客或是要动手行刺。却果然让我猜中。你与李冲或许事先并不想动手行刺，但你们看到张龙去取区公子的茶壶，便感到机会来了，你们假意吵架，惹得公子烦躁，将你们赶回村去。你们却飞跑着绕路，先将赵虎绊倒，然后由李冲上前行刺。或许，你只要李冲纠缠住赵虎，你便去刺杀区公子。可是，赵虎却不是李冲的对手，于是，便不用你上前了，只看李冲如何得手了。我却只好现身上前阻拦了。而这时，蔡越有两个选择，或是帮李冲对付我，杀掉我之后，你们再杀掉区化龙。可是你蔡越却选择了抛弃李冲。"

蔡越皱眉："你果然看得明白。"

白玉堂讪笑道："你为什么抛弃李冲，因为你担心你二人联手也并不是我的对手。你便帮我抓获了李冲。其实，你若与李冲联手，或是还有一拼呢。"

蔡越皱眉："我不明白。"

白玉堂讥讽地笑了："你应该明白，那天你已经暴露了身份。想啊，你与李冲本是吵架，被公子赶回了村里，如果说李冲是跟踪而来，那你如何又出现在刺杀现场呢。我当时并没有说破这件事，就是为了等你今天的表演。"

展昭击掌笑道："江湖人称鬼算白玉堂，看来名不虚传呢。"

白玉堂目光淡淡地看着蔡越："你为何要杀区公子？"

蔡越阴阴地一笑："我当然要杀他。"

展昭问："为什么？"

蔡越怒道："为什么？因为他父子二人背叛了江湖，向朝廷献媚。他们出卖了江湖上的朋友。"

白玉堂摇头冷笑："怕不仅如此呢，你不仅要杀区公子，你或许还要杀这些跟随公子的人吧？"

蔡越点头："你说得不错。"

白玉堂笑道："你们是张继续的人。"

蔡越愣了："你……为何这样说？"

白玉堂笑道："张继续心怀叵测久矣，他对青龙会帮主早就图谋不轨，当年他退出江湖，本不是什么厌倦了江湖生涯而改行经商，却是因为与区长河争权夺势失利。而区长河呢，当年就是青龙会的右护法，即是帮主理所当然的接任者。张继续看到自己无望胜出，便黯然退出了青龙会。他虽然退出了，却在青龙会留下了诸多心腹。你与李冲便是张继续的卧底。区公子去杭州相亲，区大人让你二人随从。你们见是机会，便是起了杀心，你们二人故意在众人面前争吵，只是为了分散我们的注意力罢了。只是，事情若是做过了头，便引起了我的怀疑。"

蔡越点头："白玉堂，我很佩服你，这些事情本都是我们的秘密，你是如何得知的？"

白玉堂讥讽地说道："蔡越呀，你果然认定你们青龙会是铁板一块吗？"

蔡越张了张嘴，却什么也没有说出来。

白玉堂笑道："区长河与张继续的死因，我都调查过。其实，张继续给区长河举办生日宴会，区长河也欣然前往，其实二人是各怀鬼胎。区长河想借酒宴的机会，除掉张继续。而张继续也想借酒宴的机会除掉区长河。于是，张继续得手了。可是，张继续也没有想到，区长河也为他留了一手，于是，张继续被勒死了。于是，你们便要为张继续报仇。我说的对吗？"

蔡越点头："的确如此。"

白玉堂叹道："无论如何，我的确佩服你与李冲这种不成功便成仁的胆量。无论对错，你们对主人这种忠心耿耿，让人肃然起敬。"

蔡越叹道："白玉堂，我蔡某行走江湖，佩服的人不多。之前也曾听到过你的大名，我想或是以讹传讹，或是哗众取宠，徒有虚名罢了。可经过这几日细细观察，你果然是个精明的人物呢。"

白玉堂笑道："承蒙你夸奖，只是我还有话要问你。除了你们两个，张继续留在青龙会的卧底还有几个？"

蔡越摇头："白玉堂，你不要再费心思。我所知道的，是不会告诉你的。任你们酷刑拷打，徒唤奈何？"

白玉堂点头："我知道，你们是一支奇怪的队伍，你们都是些不知疼痛的人。严刑拷打，对你们不起作用。"

蔡越惊异："你……知道这些？"

白玉堂点头："不仅这些，我还知道很多，我是不会告诉你的。"

蔡越笑道："白玉堂，你很聪明，但是你今天真的是晚了。因为我们已经开始行动了。区化龙绝对去不了杭州城。如若不信，我们拭目以待。"

白玉堂摇头："你还是没有说对，你不可能拭目以待，因为你看不到明天了。"说着，白玉堂已经拔出刀来。

蔡越愕然："为什么……"

一道寒光闪过，蔡越的头颅飞了起来。

蔡越最后的目光是淡定的。

马汉慌忙走过来，看了看蔡越的尸体，皱眉道："玉堂弟，你……把他杀了？"

白玉堂淡然说道："杀了。"

马汉顿足："你为什么要杀他？"

白玉堂兀自一笑，淡淡说道："若不杀了他，便会有人救他。"说罢，扬长去了。

众人看了看蔡越那无头的尸体，目瞪口呆。

展昭一旁讪讪冷笑。

肆壹

南阳知府衙门前，匆匆来了几骑人马。

为首的是一个漂亮的女子，她在衙门前翻身下马，大步上了台阶，掏出腰牌，递与当值的衙役。

衙役接过腰牌看过，立刻恭恭敬敬地还给了女子，便匆匆进衙通报去了。

少顷，那衙役惶惶地跑出来，说道："太守请柳大人进去说话。"

来人正是皇宫侍卫柳燕。

柳燕微微一笑，大步走进了南阳府衙门。

南阳太守梁上云，满面春风地下堂迎了："下官不知柳大人驾到，有失远迎了呢。"

柳燕拱手笑道："梁大人不必客气。"

梁上云笑道："柳大人请坐。"

柳燕道："梁大人请！"

二人便在大堂坐了。有衙役侍茶上来。

梁上云笑问道："不知柳大人到此有何公干？"

柳燕笑道："梁大人，柳燕奉旨来寻区同知，圣上有密旨给他。"

梁上云皱眉道："柳大人有所不知，区同知沿河调查水务，还未回来呢。"

柳燕道："区同知现在何处？"

梁上云道："刚刚差人回报，区同知应该还在百里之内的水道巡察。"

柳燕愀然说道："圣上密旨，定是事情紧急，我须立刻见到区大人呢。"

梁上云急忙说道："下官可派公差引路，柳长官沿途去寻，必能尽快见到区同知。"

"多谢梁大人。"

梁上云便起身喊道："陈亮何在？"

一个壮实的衙役便应声走上来。此人正是南阳衙役领班陈亮。

梁上云道："陈捕头，你即刻给柳大人一行引路，速去沿途寻找区同知。"

陈亮答应一声，便对柳燕道："柳大人，请！"

柳燕朝梁上云拱手道："梁大人，告辞。"

梁上云送柳燕走出衙门。

陈亮便带着柳燕一行，迎着区同知巡视的路线急速去了。

人急马快，半天的工夫，柳燕一行已经到了少阳县，少阳县城外有一处茶馆，远远看到有官府的旗号飘扬。

陈亮笑道："柳大人，区大人或是在此？"

柳燕点头笑道："有此旗号，便知道是区大人在此喝茶呢。"

众人飞马到了茶馆前，柳燕下马，大步向里走去，便有士兵拦了。柳燕亮了腰牌。士兵急忙报了，区少安惶惶地迎出来。

二人拱手见了，区少安引柳燕进了茶馆。柳燕便取出圣旨，区少安急忙屏去左右，跪接了。

区少安打开来看，圣旨却是一纸空文。

区少安不得其解，抬头去看，柳燕正鄙视着他。

区少安便讪笑着起身。

柳燕皱眉："你笑什么？"

区少安讥讽道："我已看出，你这柳燕并不是真柳燕。"

柳燕笑道："我若不是柳燕，我应该是哪一个？"

区少安淡然笑道："按照你的身材，你应该是……华素眠。"

柳燕嘿嘿笑了："不错，我就是华素眠。"说罢，便扯去了假面。

果然是华素眠。

区少安点头："区某眼力还算不错呢。你冒名顶替来此为何？"

华素眠道："我来杀你。"

区少安盯着华素眠："为何杀我？"

华素眠恨道："你说呢？"

区少安摇摇头："素眠姑娘，区某实在想不出，你我远近并无冤仇，你加害于我，所为何来呢？"

华素眠讪笑了一声道："明知故问。你不应该被朝廷招安，你更不应该率众接受招安。你毁了青龙会数十年的心血。"

区少安怔了一下，长叹一声："素眠姑娘，你年纪轻轻，或是陷得太深了吧。青龙会长年与朝廷作对，搞得江湖腥风血雨，民不聊生，的确不识大体啊。"

华素眠冷笑一声："区同知，想不到，这刚刚招安几天，你就更改了腔调呢。你果然不怕死吗？"

区少安长叹一声："区某为朝廷效力，自当奋不顾身，早将生死置之度外了。"

华素眠点了点头："那好，我今日就成全了你。"

区少安突然笑了："你知道你今天一定得手吗？"

华素眠笑道：“当然！我从来不会想错。”

区少安摇摇头：“华小姐，你今天却是想错了。你如果知道有人跟踪你，你会想什么呢？”

华素眠笑道：“你不应该这样想，这是不可能的。今天已经不可能有人来救你了。”

区少安点头：“但还是应该有一个人，她身高与你相仿，她常用的是一把柳叶刀。当然她也可能用剑。她今天穿着一件淡黄色的衣服。她今天有……”

华素眠一惊：“你说柳燕？”

话音未落，华素眠身后突然响起一阵银铃般的笑声：“不错！正是柳燕。”

华素眠猛地回过头来，她真的呆住了。

柳燕果然站在她的身后。

区少安讥笑道：“素眠姑娘，区某没有说错吧。”

华素眠怒吼了一声，便挥剑刺向了区少安，却被柳燕横剑拦了。

二人便战在了一处，几个回合过去，华素眠便落了下风，她纵身踢开了窗子，跃了出去。

柳燕就要追出去，却被区少安拦住：“柳姑娘，念她随我多年，随她去吧。”

肆贰

淡淡的秋风阵阵吹过，暮色便水一般漫延开来。

徐州太守尚未然今天傍晚请客。

尚太守请区化龙、展昭、庚广元一行，在徐州城中最大的"聚仙酒楼"用餐。

聚仙酒楼是徐州城内名头最亮的饭庄。坊间的说法，这家饭庄已有百年历史，最早的掌柜，是一位皇宫中的御厨，退休之后，在这里落脚，开了这家饭庄。御厨嘛，当然厨艺高超，煎炒烹炸，香色味不比寻常。大凡徐州衙门来了重要客人，都要在这里用餐。

> 公款吃喝，自然可以挂账，可开发票。好饭店都是公家的食堂，自古而然？

大快朵颐，推杯换盏。吃喝即讫，众人便从聚仙酒楼飘飘然鱼贯而出，踏着秋天的夜色，去了驿站。尚未然大人一直送众人到驿站门前，才拱手告别。

> 如能穿越时空，尚大人一定还要请诸位洗澡、按摩、唱歌、找小姐。可惜尚大人不具备穿越技术。诸位，委屈点儿吧。

区化龙目送尚大人去了，转身刚要走进驿站，白玉堂突然低声喊了一声："区公子，且留步，白某有几句话要讲。"

区化龙便转过身，走到白玉堂身旁，呵呵笑道："白义士，有何话要讲？"

白玉堂笑道："公子且附耳过来。"

区化龙凑过身来，白玉堂便在区化龙耳边低语了几句。

区化龙听罢，眉头便皱紧了，他兀自看了看身旁的陈小三与月秋香，惊讶道："这……"

白玉堂摆摆手："公子莫再说了，只要依计而行。"

区化龙看着白玉堂，有些懵懂地点点头，转身对就要各自散去的众人喊道："诸位，可到客厅饮茶一叙。"

众人听到，便进了驿站的客厅。

众人走进客厅里，散开坐了，便有衙役端茶上来。

白玉堂笑道："区公子，此处距离杭州，已是不远了。可是，刺客就应该更加急躁。你切要多加小心才好。"

区化龙点头："这一路，刺客频繁出没，真叫人胆战心惊啊。"

展昭爽声笑道："终归刺客却是没有得手呢。"

白玉堂摇头："话不可如此说，我已经算出，今天夜里必定有人暗算区公子。"

众人听得一怔。

展昭不解地问："玉堂，你说是何人敢于暗算区公子呢？"

白玉堂道："我们片刻便可知道。"

庚广元呷了口茶，放下茶碗笑道："白义士，你可是危言耸听呢。我们在此喝茶说笑，众目睽睽之下，刺客如何动手呢？"

白玉堂呵呵笑了："诸位，区公子让大家在此歇息，就是要等刺客现身呢。"

展昭疑道:"玉堂弟,如果我们在这里是等刺客现身,岂不是太过冒险了吗?"

区化龙也急了,忽地起身说道:"白义士,你断不可拿区某的安危做赌注,开封府的职责便是保护我安全抵达杭州。"

白玉堂呵呵笑了:"区公子,少安毋躁。白某保证会安全抵达杭州。只是,我们必须在这里解决掉刺客。我不愿意把刺客这股祸水引向杭州。区公子,你试想一下,如果你把刺客带到朱世富那里,也就是你未来岳父的家里,你将如何向朱员外解释呢?"

区化龙张了张嘴,不再说话了。

陈小三与月秋香面面相觑,陈小三拱手说道:"白义士,你说的或许有道理,可是我们在此引刺客露面,刺客能出现吗?"

白玉堂笑道:"小三呀,你不必怀疑,白某断定刺客必定出现。"

展昭疑道:"玉堂呀,你如何这般有信心呢?"

白玉堂看着展昭,兀自笑了:"展兄,其实,刺客反复追杀区公子,只是为了争夺一件东西。"说罢,他便朝区化龙笑笑:"对吗?"

区化龙有些尴尬地点点头:"白义士说得对。"

展昭看看白玉堂与区化龙,疑惑道:"刺客要争夺什么东西?"

白玉堂道:"这要从青龙会说起。青龙会招安了,却有许多秘密并不为人知。"说到这里,白玉堂或是口渴了,端起茶杯,呷了一口。

除去区化龙,众人都紧张地听着。

白玉堂皱眉道:"青龙会有一件重要的信物。"

"什么信物?"展昭皱眉问。

白玉堂道："当年青龙会成立之际，老帮主区竣青便发现了一个棘手的问题，即任何人都可以打着他的旗号调动人马。这个问题很让区竣青发愁。他感觉到，应该有一个物件，即像兵符一般的物件。如果青龙会有大的行动，口说无凭，必须要拿着这个物件去各分舵传令，经过认证，才可发兵。于是，区竣青便让工匠打造了一个兵符般的信物。这个信物便是一个虎头，十二个虎尾，均是由黄金打造。虎头留在区竣青手里，十二个虎尾，悉数发给了十二个分舵的舵主。若有调动，须虎头与虎尾对接，严丝合缝，才可执行命令。"

展昭惊讶："玉堂呀，你这都是从何处听来的呢？"

白玉堂没有理会展昭的问话，继续说道："可是呢，青龙会招安之后，这个虎头却没有了。哪儿去了呢？"

白玉堂的目光扫视着众人。

众人呆呆地听着。

区化龙尴尬地笑了："大家或是猜不到，虎头就在我这里。"

展昭惊异道："区公子，这虎头在你手里？"

区化龙用有些复杂的目光看了看白玉堂，欲言又止。

白玉堂有些复杂地笑了，笑得意味深长。

区化龙点头："确在我身上携带。"

白玉堂长叹一声："此事却也怪不得区公子。区长河生日那天，去参加了张继续为他安排的一个宴会。或是区长河事先有何预兆，总之他没有将虎头带在身上。大家注意，这个虎头确实一直带在区长河身边的。即使是睡觉，区长河也从不让它须臾离身。可是那天，或真是天意，区长河没有带着这虎头赴宴。按照常理，区长河如果不带虎头赴宴，他应该把这个虎头交由区少安保管。可是，那天区少安外出了。区长河交给谁呢？答案只有一个，他只有交给他的孙子区化龙。"

众人看着区化龙。

区化龙有些手足无措地笑笑。

展昭疑道："区公子，如此重要的东西，你如何能带在身上呢？若是不慎遗失……"

庚广元也皱眉："区帮主……不，区少安大人不曾将虎头交给皇上吗？"

区化龙不及答话，白玉堂却摇头笑了："诸位有所不知，这件事情，区公子并没有与区大人通气。也就是说，区大人并不知道这个虎头在区公子手里。而区公子呢，也没有认为这虎头竟是个如此重要的信物，他只当成了一个装饰的把件而已。这两下里误会，这虎头便留在了区公子身上。"

区化龙有些尴尬地笑了："确是如此。"

白玉堂叹道："可是呢，刺客知道这个情况。现在还无法知道，刺客是如何了解到这虎头在区公子身上。"

众人看着他。

白玉堂道："想想看，因为这只虎头，这一路上我们遭遇了多少不测，先是区公子失踪，然后又是范月婷被害，还有李冲、蔡越前仆后继的两次刺杀。可以说，我们一路上是于虎狼之穴屡次险险脱身，一路押解着相亲车辆去往杭州，却又是这样一个结果。我们不得不多想想了。或许，这事情一开始就错了。也就是说，我们错了。"

展昭疑道："玉堂弟，我们错在何处了？"

白玉堂皱眉："这一切，是谁在背后指挥，千方百计要抢夺这只虎头呢？"

　　白玉堂看看庚广元，他突然笑了："是呢，谁是真正的幕后指挥呢？我可以告诉大家。是庚广元，这位庚大人。"

　　众人惊得呆住了，目光都盯向了庚广元。

　　庚广元脸上没有惊慌，只是用奇怪的目光看着白玉堂。

　　白玉堂笑道："如果我说，这个幕后指挥是庚广元大人，是庚大人遣人来三番五次追杀我们。他的目的，就是要争夺这个虎头。诸位相信吗？"

　　庚广元摇摇头，苦笑道："白义士，不好开这种玩笑。"

　　白玉堂哈哈大笑了："当然不能相信。我刚刚跟大家开了个玩笑。"说到这里，他打了个长长的哈欠，看看众人，笑道："行了，刚刚吃多了酒，喝了这些茶，大家都歇了吧。"

　　展昭也起身道："明天还要赶路，大家歇了吧。"

　　众人便起身散了。

肆叁

　　凉爽的秋夜当然是睡觉的好天气。

　　区化龙很快就睡着了，空气中浮动着他轻微的呼噜声。

　　但是，轻微的呼噜声突然停歇了。

　　区化龙醒了，他看到一个蒙面人站在他的床前。

　　区化龙喊不出声音来，一把短刀横在他的面前。

　　蒙面人低声喝道："把虎头交出来。"

区化龙怔怔地说不出话。

却听到有人笑了，笑声未落，屋里便点燃了马灯。

蒙面人一怔，猛回头去看，但见展昭、白玉堂已经站在他身后，一把刀已经横在了他的脖颈上。

白玉堂道："这位朋友，如何这样性急呢？"

蒙面人不说话。

展昭喝道："你是谁？"

蒙面人不说话。

白玉堂笑道："庚大人，把面罩摘下来吧。"

蒙面人身子稍稍晃了晃，他扔掉了手中的短刀，轻轻叹了口气，摘下了面罩。

果然是庚广元。

除了白玉堂，众人都大吃了一惊。

展昭惊讶道："玉堂，果然被你猜中。"

庚广元叹道："白玉堂，适才在客厅里，你果然没有跟我开玩笑。"

白玉堂道："庚大人，我的确没有心思跟你开玩笑。事情一开始，就是按照你的计划行事的。我后来明白了那一个虎头是什么，这是一件过于重要的东西，在任何人手里都可以发布号令，打一个比方，这物件好比朝廷里的兵牌令箭，如果落到一个奸人的手里，这江湖之上，必将是血雨腥风。"

众人看看庚广元。

庚广元微微一笑，他突然闪电般地伸手，揪起区化龙，倏忽间挪出几步，躲开了白玉堂的刀，同时又拔出了一柄短刀，横在区化龙的脖子上。他出手太快，身形犹如脱兔，人们竟一时反应不过来。

庚广元冷笑道："区化龙，快把虎头交出来。"

区化龙惊叫："展护卫，快来救我。"

展昭与白玉堂面面相觑。

展昭大喝了一声："庚广元，你不可胡闹。"

白玉堂冷笑道："庚大人，你果然是志在必得呢。一个虎头真让你穷追不舍呢。"

庚广元冷笑："白玉堂，你的确精明，我此番方才相信，江湖上对你的传说，并非夸大其词。你果然看破了这内中的机关。"

白玉堂淡然说道："你且把刀放下。"

庚广元摇头笑了："白玉堂，你说的是废话，我若放了区化龙，我还走得脱吗？"

白玉堂淡然笑道："你就是杀了区公子，与白某何干？"

区化龙登时恼了："白玉堂，你……"

庚广元讥讽地笑道："白玉堂，你休得说大话。"

区化龙突然喊起来："庚广元，你快放了我。白玉堂是骗你的。什么虎头、猪头的，都是子虚乌有的谎言。他就是要骗你跳出来的。"

白玉堂无奈地苦笑了："区公子，我的确没有想到，你与庚大人的性格竟然也毫无二致，同样沉不住气的呢。"

区化龙愤怒地吼道："白玉堂，你要害死我呢。你刚刚在门外教我说了这番谎话，你就是为了陷我于死地！"

庚广元怔了："白玉堂，你果然狡猾，你编造这些，就是为了诱惑我？"

白玉堂点头："不错。"

庚广元看看刀下的区化龙，冷笑一声："你不怕我杀了他。"

白玉堂淡然说道："我不怕。"

庚广元哼了一声："你说大话。"

白玉堂叹道："我从不说大话，只说实话。你杀了区公子，的确与我无干。"

庚广元疑道："白玉堂，你此话何意？"

白玉堂冷笑道："区公子是开封府护送到杭州去的。白某只是去范师父家串门，很不走运，便搅进了这个乱糟糟的事情里来了。我即使现在抽身走，区公子如何倒霉，只与区公子命运不济有关，只与展昭、马汉、张龙、赵虎一干公差责任有关。所以说，你杀不杀这位区公子，与白某无关。"

庚广元哼了一声："你果然不怕？"

白玉堂坦然说道："我是个说到做到的性格，你不相信吗？"

庚广元点头："我相信你，却不相信他们。"

白玉堂笑了："那就这样僵持吧。你相信会有人救你吗？"

庚广元恨道："我只是不解，你是如何看破了这机关的？"

白玉堂皱眉道："其实，我并没有看破什么，只是你把戏演得过头了，就有了破绽。"

庚广元冷笑："你不妨说来听听。"

白玉堂道："事情一开始，我并没有怀疑你。你言语得体，对朝中事物也了然于胸。但是，从进入泰州那一刻起，我便有了怀疑。"

展昭疑道："玉堂，你从进入泰州那天就怀疑他了？"

白玉堂点头："是的。先说泰州衙门，也过于冷清了些。而且，在我看来，那些衙役们都笨手笨脚，并不似衙门中人。你说你把衙门中的差人大多裁员了，我也不解，各州县闹灾的事情，常有发生，从没听说有以裁员而节省开支用度的先例。我又想，如果包大人真的传书给你，要你接应区化龙一行，为何不通知展护卫呢？或是说，包大人传书给了泰州知府，那么，你也不必亲自到阜阳界去接应我们。如此想过，你做得过分了。于是我怀疑，你这个知府或是假冒。"

庚广元哼了一声："你果然心细。"

白玉堂笑道："后来，你言语里暗示着我们，要我们早些离开泰州，必定是怕夜长梦多，你露出马脚。我有了疑心，便暗中去街中探访，果然，有人说泰州府的衙役们都放了长假。一个老衙役告诉我，前些日子，一个钦差大臣到泰州，免了庚广元大人的职务。这位大臣又开缺了衙门里的差役。于是，我便想，或是你假扮钦差大臣，罢免了庚广元大人，你便冒名顶替，去阜阳接我们。我只是不明白，你为什么要这样做呢？我今天明白了，你是要杀害区公子。"

庚广元哼了一声，点头道："你说得不错，我确是假冒的庚广元。"

白玉堂淡然笑道："你能告诉在座各位，你是谁吗？"

庚广元哈哈笑了："白玉堂，谅你也猜不出来。"

白玉堂讥讽地笑道："其实，我不必问，我也知道，你是谁。"

庚广元好奇笑了，他看着白玉堂说道："白玉堂，你不妨说说，我是谁。"

肆

按照时间计算，白玉堂在徐州与庚广元对质的时候，卢方正坐在南阳衙门的大堂里耐着性子喝茶，等候通商车队出发。

茶是好茶，卢方却喝得没有滋味。

卢方已在南阳待了三天，通商贸易的车队早已经组织好了。梁太守说，只待区少安同知回来，便可上路。卢方心焦，如果通商车队误了行期，他便不好向包大人交差呢。好在区少安刚刚回来了，是由皇家卫队领班柳燕护送回来的。

青龙会余党沿途谋刺区少安的事情，很让梁太守不安。现在区少安正是皇上的新宠，如果出了什么意外，梁太守怎么担待得起呢。那个青龙会的杀手华素眠，竟然敢在光天化日之下，冒充柳燕谋刺区少安。虽未得逞，却让梁太守心惊胆战了。

此时，区少安正与梁上云在书房谈话。

梁上云心有余悸地说道："区兄呀，此番遇刺，虽说有惊无险，梁某仍然惊魂未定呢。"

区少安慨然："梁大人，区某自弃暗投明那一日起，自知君恩深厚，即以大宋为国为家，生死以报，绝不会因福趋之，因祸避之。"

梁上云点头称赞："区大人忠心天鉴，梁某感之佩之。"

区少安忙拱手："梁大人客气了。"

梁上云笑道："区同知，此次边境押送货物，也是朝廷要紧之事，也应该是同知建功立业的机会呢，还望同知辛苦一趟呢。"梁上云暗自思忖，这一趟肥差，区少安应该满口答应。他却万万没有料到，区少安却婉拒了。

区少安面有难色地说道："梁大人，恐怕此趟差事，区某不能成行呢。"

梁上云诧异："区大人，有何难处？"

区少安叹道："想必梁大人一定知道了，小儿化龙，正去杭州相亲。若是朱世富员外看中了化龙，那接下来便是要筹备婚事。让梁大人笑话了，区某就这一儿子。我要亲自为他操办。如去边关，怕是要误了小儿的婚期，朱员外怕是要怪罪区某不尽心呢。"

梁上云哦了一声，手捻胡须点头："这确是个事呢。"

区少安叹道："梁大人，若说实情，此趟差事，确应该区某去办。我归顺朝廷，寸功未建，实乃有负皇恩呢。只是区某……"

梁上云心下欢喜，脸上却是愁容："区大人，此事梁某理解。这样，梁某……便亲自押解就是了。"

区少安起身朝梁上云深施一礼："梁大人能够完成此次通商货物押解，便是替区某完成了一件差事。在下感激涕零。"

梁上云忙搀扶了区少安，呵呵笑道："区大人客气了呀。"

肆伍

白玉堂目光如炬，盯着庚广元，不屑地哼了一声："你是张五多！"

此言一出，满堂皆惊。

庚广元怔住了。

展昭吃惊地问："玉堂，他是张五多？张五多不是已经死了吗？"

白玉堂摇头笑道："张五多没有死。张五多与范月婷一样，也只是诈死。你这个范家的老家佣，果然辛苦，你以为你乔装打扮，白某就认不出你了吗？你以为你剃掉了那一绺白须，白某就认不出你了吗？真是可惜了你那绺白白的长须呢！"

庚广元兀自摸了摸光光的下巴，嘿嘿笑了："白玉堂，你如何看出的？不错，我就是张五多。"

白玉堂笑了："你潜入范家庄，控制了范月婷，你就是等相亲车队到范家庄，借机在车辆上下手。难道不是吗？"

张五多表情木然，看着白玉堂。

白玉堂叹道："可惜了你那几个手下，还有那个假扮你的张五多，被我致残。当然，你最后还是救他们走了。"

张五多点头："不错，人是我救走的。我还是低估了你，他们竟然不是你的对手。"

白玉堂嘿然笑了："不过，你的确不是张五多。"

张五多怔了，众人都怔了。庚广元不是庚广元，是张五多。而张五多又不是张五多。那此人是谁呢？

马汉大惑不解地嚷道："玉堂，此人不是张五多，到底是谁？"

张五多也冷笑道："我若不是张五多，我又是哪个呢？"

展昭也疑惑道："玉堂，这人到底是哪个？"

白玉堂看着张五多，不觉叹道："你低估了白某的智商。你不要忘了，我曾是范万里师父的弟子。范家的事情我还略知一二。范家从来没有一个名叫张五多的家佣。所以，你不是张五多。"

张五多怔住："我是谁？"

展昭也疑惑了："玉堂，他不是张五多，他是哪个？"

白玉堂没有回答展昭，他目光如炬地看着张五多："你的名字叫张鹏。"

张鹏？张鹏何许人也？众人如坠五里雾中，都怔怔地看着白玉堂，又看看一脸平淡的张五多。

白玉堂笑了："大丈夫行不更名，坐不改姓。张鹏，你真不敢承认吗？"

张五多叹了口气："你说得不错，我的确是张鹏。"说罢，伸手扯下面具，一张年轻俊朗的面孔呈现给了众人。

展昭点点头："我想起了，张鹏是张继续的义子，也是张继续手下第一心腹。张继续死后，此人便失踪了。想不到，竟然一直暗中跟踪我们。"

张鹏皱眉道："白玉堂，你能否告诉我，你是如何知道的呢？"

白玉堂皱眉道："我识破你，却是不易。"

张鹏讥讽地说："难得你如此辛苦。"

白玉堂皱眉道："你暗中跟踪我们，只是为了暗中向区公子行刺吗？"

张鹏嘲讽道："你说说看。"

白玉堂说道："且说蔡越、李冲二人，他们反复追杀区化龙，我开始以为，青龙会在区少安的率领下，被朝廷招安，这二人心存不满，杀区化龙，以示报复。后经人提醒，我恍然明白，他们是被人收买，换句话说，他们受了你的主使，才冒险行刺的。想必他二人接受了你巨大的贿赂，才敢如此奋不顾身。世上果然有这样忘恩负义的黑心仆人吗？他们便与牲畜无异。"

张鹏冷笑一声："这二人死在你手里，只是命不好罢了。"

白玉堂摇头叹道："其实，我还是想错了，这二人并非被你收买，他们只是身不由己。"

张鹏哦了一声："你还知道些什么？"

白玉堂冷笑了一声："我们现在都知道了，江湖上确实有一个神秘的组织。即这个组织的所有成员，都不怕疼痛，换句话说，他们不知疼痛为何物。我开始并不相信，认为是以讹传讹。我到了范家庄之后，见识了那个冒名张五多和他的手下，之后在寺院里见识了那几个黑衣人。这个组织的确存在，由张继续创建，而你张鹏就是这个组织的首领，蔡越、李冲也是这个组织的成员，他二人是被你派到区少安身旁的卧底。"

张鹏皱眉问道："你竟然知道了这些？"

白玉堂道："我先说说你的来历吧。"

张鹏冷笑道："你知道我有什么来历？"

白玉堂皱眉道："你本不姓张，你姓闫。"

张鹏吃了一惊："你……"

白玉堂笑道："你祖父本是江湖游医，传到你父亲这一代，更加发扬光大。世事难料，你父亲因了一桩案子，被误判了，由此你家中道败落。你长大之后，便要报仇。你便冒死杀了仇家，从此，游走江湖。你的医术十分高明，除了你父亲的传授，更多的应该是祖传。我在调查区长河中毒案时，对你的家世也进行了调查。你们张家是云南人，自有一套医术绝技。包括我下边要讲到的。"

众人不说话，听白玉堂说下去。

白玉堂说道："你在江湖上名声大振之时，便投奔了青龙会的张继续。此时，你已经做了准备，劝说张继续用大笔金钱，买通了周边几省的狱卒，凡是少年死囚，你挑选之后，必是用重金买出。这些人你要精心训练，你利用你家传的医学，拔除了他们的痛感神经，之后，便训练他们杀人。于是，这些被你救出的少年死囚，虽然得救了，可是，他们却由死囚变成了活囚。你看管着他们的家人。他们不得不听命于你。不是吗？"

张鹏怔忡了："你……"

展昭叹道："江湖上确有这样一个不怕疼痛的组织。想不到却是由张鹏为首的呢。"

屋内一片死寂。

张鹏用仇恨的目光看着白玉堂："白玉堂呀，你何必插手此事呢？之前，我十分敬佩你的为人，现在我却也看出，你不折不扣是一个朝廷的走狗。"

白玉堂疑惑地看着张鹏，淡淡地问道："张鹏，你真的这样看我吗？"

张鹏突然怒吼起来："我不这样看你，你让我怎样看你？你就是皇室中的一条走狗！"

白玉堂长叹一声："张鹏，白玉堂并非皇室中的走狗。白某人只是路见不平罢了。孟子说过，君为轻，民为重，社稷次之。你们青龙会横行这几年来，江湖大乱且不去说，你们惊扰了多少百姓。仅在青石口，你们就杀掉了数十人。这些都是什么人呢？他们都是安分守己的百姓啊！他们如何就做了你们的刀下之鬼呢？张鹏，我再问你，你们青龙会想染指朝廷，不过是想改朝换代罢了。你敢说你们就比当朝天子高明多少吗？兴，百姓苦。亡，百姓苦。兴亡之间，天下老百姓横遭涂炭。我不知道你们想做些什么高明之事。如果你们真能让天下百姓出水火，我白玉堂今天定会放你走路。"

张鹏怔了一下，哈哈笑了："白玉堂，好一张利口……"

突然窗外有轻微的响动，白玉堂大喊一声："诸位，有暗器。"

话音未落，几支短箭从窗外射进来，众人一时慌乱，各自躲闪，短箭便都吃在了墙上。白玉堂纵步腾身，去抓张鹏。

张鹏却使出一招鹞子穿云，再一个凌空挪步，窗子便被踢开，他飞身出去了。白玉堂、展昭紧追出去，张鹏已经无影无踪。

白玉堂称赞一句："端的好轻功。难得呢！"

展昭顿足道："就这样让他走了？"

区化龙失魂落魄，陡然坐在了椅子上，片刻，又跳脚怒吼起来："白玉堂，你如何看到张鹏用刀逼住我，险些害了我的性命，你却无动于衷呢？"

白玉堂摇头："我刚刚说过，张鹏杀不死区公子。"

区化龙哼了一声："你还嘴硬，刚刚若不是展护卫出手相救，我就丧命在他刀下了呢。"

白玉堂讥讽地笑笑："即使展护卫不出手，张鹏也杀不了区公子的。"说着，看看区化龙身旁的陈小三，笑道："陈小三，我说的是不是呢？"

区化龙气恼地说不出话了。

展昭一旁疑惑道："玉堂，你如何总是说这句话呢？刚刚的态势险恶，真或是一触即发呀。"

白玉堂看了看区化龙："区公子，这出戏演到此时，你也累了吧？应该换一换角色了。"

展昭疑道："换什么角色？"

白玉堂淡然说道："这位区公子应该卸装了呀。"

区化龙木然地看着白玉堂。

白玉堂看看众人，笑道："我之所以说张鹏杀不了区公子，是因为张鹏已看出，区化龙并非是区化龙。"

众人疑惑地看着白玉堂。

白玉堂呵呵笑了，看着陈小三与月秋香："你二人在他身边多年，我说得对吗？"

月秋香与陈小三面面相觑。

陈小三结语道："那……谁是……区公子？"

白玉堂讥讽的目光看了看陈小三："真正的区化龙是你，是你陈小三。"说罢，转身看着区化龙："你呢，或许才是真正的陈小三。"

陈小三与区化龙登时呆若木鸡，二人都怔怔地看着白玉堂。

众人听得目瞪口呆。

白玉堂讪笑着摇了摇头："我就揭开这个秘密吧。之前我便奇怪，那天晚上，范月婷请众人喝酒，当区化龙喝得美好时，便劝你喝一杯。我当时看出，区化龙的眼神，有些许诌媚。我便怀疑你这个仆人的身份。再则，我遇到过几次你们主仆谈话，区化龙完全没有主人的姿态。而你呢，或是讲出什么来，区化龙从不反驳，完全是主人的姿态。我就更有些疑惑了。"

人们都惊呆了。

陈小三尴尬地笑了笑，朝白玉堂拱手："真是对不住，我就是区化龙。我这样冒名顶替，与陈小三互换身份，只是为了保护自己。还望白义士、展护卫谅解。"

月秋香也讪笑着说："诸位切莫误会，这是区帮主的意思。"

众人看着区化龙，也就是陈小三。

陈小三叹道："若不是白义士洞察，我们万没有想到这个假扮的庚广元竟然就是张鹏。"

展昭皱眉道："张鹏必定不会就此罢手，区公子还要小心戒备。"

白玉堂摆摆手："你们放心，他们根本杀不了区公子。"说到这里，他对月秋香道："公子刚刚受了些惊吓，你扶公子回去歇了吧。"

陈小三便与月秋香跟着区化龙去了。

肆陆

白玉堂站在院子里，夕阳西下，秋色蒙蒙。一只蝴蝶在园子里悠闲地飞跃。

展昭悄然走过来，轻轻叹了口气："玉堂呀，真是有惊无险呢。"

白玉堂叹道："我在个案子里，感觉到了经验的丧失。总是处在层层剥笋的状态中。我本来只是感觉张继续没有死，却没想到张继续的手下却奋不顾身地要夺杀区化龙的性命。我现在想确定的是，张继续与区长河之间到底发生了什么？"

展昭摇头："江湖帮派，从来都是争斗不止呢。如果如你所说，张继续与区长河是为了争夺青龙会帮主的位置，那么，他要杀区化龙便是理所当然了。"

白玉堂笑道："因区少安接受招安，必定要被江湖中那些誓与朝廷为敌的帮派组织视若仇敌，杀之而后快。区家应该如何应对这种局面呢？按照常理，他们应该深居简出，低调处事。"

展昭一旁皱眉："是呢，区少爷只是一个相亲的事情，便做得如此招摇过市，且不说让他们的仇家动了杀机，至少要引得天下贼盗们眼红？"

张龙一旁笑道："五爷呀，区家如此行事，怕是另有文章呢。"

赵虎却有些不高兴："五爷呀，你莫要说得含糊其辞，到底是如何一回事呢？"

白玉堂皱眉道："赵捕头，张捕头并没有说错，恐怕事情刚刚开始麻烦。"

展昭苦笑道："玉堂弟，我猜想，你必定对这一路的事情有了一个了然，不妨说给大家听听嘛。"

白玉堂看了看众人，长叹一声："说来却也不妨，我若说出实情，大家必定会大吃一惊的。"

众人呆住。他们不知道白玉堂会讲出什么让人吃惊的事情。

白玉堂四下看看，便道："我们回屋说吧。"

众人便随白玉堂回了房间。

肆柒

众人在白玉堂房间围坐了。

窗外的风丝丝漫过，果真是个静寂的夜晚。

白玉堂淡淡说道："此事还要从赵允勉将军说起。"

展昭疑道："此事与赵将军何干呢？"

白玉堂苦笑道："且听我细细说来。说到赵允勉将军，大家或可知道他的皇族身世与来历？"

展昭道："我确知道一二。"

白玉堂点头："展兄说来听听。"

展昭道："太祖年间，有一员顶天立地的大将军，曹彬。曹将军能征善战，深得军心圣意。太祖感慨唐降数代，竟有八个家族当朝，战争苦于不歇。于是，便有了杯酒释兵权，石守信、高怀德诸将解甲归田的美谈。但其中却留下了曹彬将军，可见曹将军深得太祖信任。曹将军是三朝元老，咸平二年去世，真宗皇帝追谥武惠王。即将曹将军的儿子曹奔收为义子，赐姓赵，改名赵允勉。如此赐姓改名，即是感念曹将军一生征战之劳碌辛苦。这便是赵将军的皇族身世与来历。"

白玉堂点头道："展兄说得不错。"

徐庆疑道："老五呀，赵允勉将军与此案何干呢？"

白玉堂哂笑："因为赵将军与薪炭局失窃案有关呢。"

众人听得一怔。

展昭皱眉疑道："玉堂弟，赵将军如何与薪炭局失窃案有关呢？"

白玉堂道："因人涉案，薪炭局局长马云洪，却与赵将军有些关联呢。"

众人怔怔地听着。

白玉堂说道："马云洪的父亲马焕发，曾是赵将军家的大厨，曹彬将军在世时，视马焕发为兄弟，由此，便视马云洪为己出，马焕发早逝，曹彬将军便将马云洪收养了。如此，马云洪与赵允勉将军便是儿时的伙伴。这个马云洪虽是下人家出身，因在曹彬将军家长大，衣食无忧，竟然养成了纨绔的性格，不读书，不长进。由此，赵允勉将军任职后，也曾劝马云洪刻苦读书，走科举晋身之路，无奈这个马云洪仇书恨字，根本就不是这个材料。赵将军无奈之下，便托人为马云洪买了一个功名，以给马云洪一个出路。"

张龙惊讶："五爷呀，你是从哪里得知这些情况的呀？"

白玉堂皱眉："我自然要调查仔细些呢。诸位有所不知，薪炭局失窃后，包大人便命我暗中调查此案。"

展昭叹道："玉堂弟，你果然心细如发呢。"

白玉堂叹道："诸位，若不是心细，我就不会知道后来的事情，也就不会知道薪炭局那些丢失的木炭，到底去向了何处。"

展昭惊讶了："玉堂弟，你莫非知道薪炭局木炭的去向？"

白玉堂点头："其实，在薪炭局失窃之后，也就是展兄与马汉去薪炭局调查之时，包大人已经给我飞鸽传书，让我秘密调查这些木炭的下落。我当然要从调查马云洪开始。我之所以要去陈阳，就是因为马云洪便是陈阳祖籍。于是，便由此知道了马云洪一家与赵允勉将军一家的两代交情。"

众人一时无语。

白玉堂看看众人："我且再给诸位说几句火药。"说到这里，他或是说得干渴了，端起桌上的茶杯，深呷了一口，才缓缓地继续说下去："有秦一朝，火药出世，唐降以来，火药研制，日趋更新。太祖一代，我国火药虽在朝在野多有研制，却无奈长进微弱。因配比方法不当，威力平常，两军对垒，火药多是在阵前壮壮声色，其杀伤之力，微乎其微。雍熙三年，曹将军因误信工匠不实之言，欲借火药之力，强攻歧沟关，却纠缠胶着，久攻不下，从而招致惨败，使其常胜将军之名节尽毁。此乃天大的憾事。太宗一朝，与辽军频频作战，因军中之需，研制火药的智士名匠，越来越多，却惜之平常。"

展昭点头："此事我也略闻一二，却不知其详。玉堂弟博闻强识，当是如此。"

白玉堂继续说道："有真宗皇帝一朝，对木炭、硝石、硫黄三者如何配伍，材质如何选择，也越来越精致。我且说说木炭。众所周知，取暖木炭者，多用松、柏、杨、柳、榆、椿种种，材质不论。而宫中所用木炭，由各地供奉，南方多有楠木、橡木、红木之炭，混杂其中。此三种木炭，有烧，但因价格昂贵，也只是孝敬朝廷，也是理所当然，也算物尽其用了。"

张龙点头："五爷说得对呢，我当年冬月在南方办差，却在九江驿站内使用过橡木炭，果然耐用呢。"

白玉堂点头："问题就出在这里了。且说每年各地供奉京城的木炭，约有七八万斤之多。朝廷用度，也在六七万斤左右。而南方各地供应的橡木、红木、楠木之炭，则仅有百分之六七勉强。但是，近年得知，试验火药配比，这三种木炭，确在首选之列。"

众人听得惊了。

赵虎惊讶问道："五爷，你从何处晓得这些？"

白玉堂兀自一笑："我多在江湖行走，许多工匠多是来自江湖。这点事儿是瞒不住的。这三种木炭，是研制新配比火药之必需。所以说，马云洪当然知道这三种木炭的金贵。他在给皇宫和东京各衙门调拨木炭之时，便私下做了手脚，将薪炭局中这三种木炭都暗中扣压下来了。"

展昭皱眉："如你所说，薪炭局失窃的木炭，便都是这三种木炭了？"

白玉堂点头："的确如此。"

展昭疑问："据马云洪交待，是姜连胜经手把木炭卖给了一个姓肖的。这个姓肖的商人把木炭运走了。这个姓肖的，到底是个什么身份的人呢？"

白玉堂笑道："其实，马云洪跟包大人打了一个字谜。木炭被这个姓肖的运走了，这句话虽然是句瞎话，却应该是一句暗语，说了一个人。肖与走结合，便是一个赵字。由此推断，此人便是赵将军。"

展昭惊异道："玉堂呀，你这不会是捕风捉影吧？"

耳菜也惊诧：是呢，白玉堂此番推断，或许穿凿附会得过于牵强了！

白玉堂摇头叹道："展兄呀，空穴来风，总是事出有因。你们再想想看，若在东京藏匿五千斤木炭，谈何容易？"

展昭点头："开封府出动所有捕快，近乎将东京城内可能搜查的地方，搜遍了，也没有寻到那五千斤木炭的下落。他们能藏匿到什么地方呢？"

白玉堂笑道："那年侦破黄金案时，我曾给诸位打过一个比方，关于藏匿。如果说，我们要藏匿一片树叶，最好的办法是藏匿到哪里呢？如果藏匿一粒沙子，最好的办法把它藏匿到哪里呢？诸位或是还记得？"

张龙笑道:"这个我当然记得,要藏一片树叶子,当然最好藏在树林里。藏沙子,当然最好要藏在沙漠里。"

赵虎称赞道:"张兄好记性。"

白玉堂笑了:"的确如此。如果说,那五千斤木炭藏到哪儿最为保险呢?当然要藏匿在军营里。众所周知,木炭是军营必备及必用物资。军营任何时候,都要有木炭存放,不得动用。我查过本朝史录,有如下记述,太宗三年,薪炭局失火,太宗皇帝宁可宫中挨冻,以至于太宗皇帝的一个心爱的妃子受冻病死,他也不曾调用驻京军营的木炭。可见木炭对军队的重要。想想看,如果驻京部队的木炭都被调拨了,若突起战事,一些生了冻疮的士兵,还有何战斗力?我想,赵将军的各个军营,至少要有数万斤木炭存放,再运来薪炭局那五千斤木炭,谁人能怀疑呢?即使怀疑,你们能去军营搜查吗?即使开封府去搜查,你们能指定哪些木炭是薪炭局的失窃的赃物呢?"

众人都沉默了。展昭悠然长叹了一声:"玉堂呀,你真是思虑缜密呢。可那些木炭还在赵将军的军营吗?"

白玉堂看看众人,轻叹一声:"已经运出东京了。"

张龙却连连摇头:"五爷呀,绝对不可能运出的,包大人严令各个城门仔细盘查,那五千斤木炭如何能出城呢?"

展昭摆摆手,叹服道:"张捕头不必说了,玉堂弟说得对呢。我已经听明白了,那些木炭已经被碾制成炭粉,被区化龙的相亲车队夹带出城了呀。若再仔细去想,区公子这百余辆相亲的车辆,便是为了夹带炭粉而成立的。这就是我们在东京城各个城门严格盘查,也没有找到失窃木炭的原因呀。"

白玉堂点头:"展兄猜测得果然中的。"

展昭摆摆手："玉堂呀，不要再羞臊我们了。你且说说，这失踪的车辆都哪里去了呢？"

白玉堂冷笑了一声："展兄呀，这就要说说范家庄了。你还记得你对范家庄的疑惑吗？你说过的，之前蒋四哥也说过的，这范家庄却不像个村庄，第一，庄外的庄稼都到了收获的季节，却无人去收成。天下能有这样的农人吗？果然能做到不用收获也能吃饭吗？绝对没有！第二，范家庄的村民，竟然没有儿童与老人，天下能有这样的村落吗？他们既无后代，也无长辈，难道他们是从天上掉下来一个范家庄？第三，范家庄的庄户，为何口音杂陈，南腔北调？"

张龙皱眉："哎呀，我如何就没有看出呢？"

赵虎讥讽地笑道："龙哥呀，你除了酒，还能看出什么呀？"

张龙哼了一声："你以为我没看出什么？整个范家庄，竟然没有喝酒的庄户。"

白玉堂点头称赞："张捕头果然看出了问题呢。范家庄的确没有喝酒的。为什么？因为这里就不是范家庄，范家庄的庄户本来就不是庄户。范家庄已经变成了某个组织的城堡，庄户们都是身怀绝技的江湖杀手。"

众人听得呆若木鸡。

展昭长叹一声："这就是了，范家庄已经被换掉了，范家庄的庄户都被杀掉了或是被转移了。我们去过的范家庄，实际上已经全部换上了青龙会的人，他们穿着庄户的衣服，但是，他们却不是庄稼人。他们当然不喝酒，因为他们有军队一样的素质与管理。可是，我还是不明白，失踪的车辆被他们藏匿到哪儿了呢？"

白玉堂讥讽地笑道:"展兄,你没有看出吗?范家庄是一个城堡,而且,并不是现在才有的,也就是说,范家庄的庄户不是现在才被换掉的,而是早就被他们换掉了。他们每年雇工来种庄稼收庄稼。只是今年这里有大事发生,所以,他们辞退了来收庄稼的人。现在范家庄的庄户,都是青龙会的人,是他们偷走了那一百辆马车。"

展昭疑问道:"他们为什么不全部偷走呢?还留下了三十六辆马车。"

白玉堂苦笑道:"是呢,他们为什么不全部偷走呢?他们为什么只偷这一百辆马车呢?"

张龙纳闷儿:"是呢,整整一百辆车呀。"

白玉堂笑道:"因为他们只要这一百辆马车。"

赵虎疑道:"可是他们把这些马车怎么弄出去的呢?莫非他们会地遁不成?"

白玉堂点头:"他们当然会地遁。"

众人怔住,青龙会的人会地遁?

白玉堂鄙视地笑道:"因为他们有地道。而且,这地道长达二十余里,直接通向阜阳城。那一百辆车,在我们当天夜里喝酒的时候,就已经被运往阜阳城了。"

地道?范家庄有地道?而且直通阜阳?众人都蒙了。

> **耳菜惊讶:白玉堂,你接下来不会说范家庄有地铁吧?**

众人一时无语,是呢,范家庄竟然是青龙会的一个重要据点。也就是说,这些日子,大家一直住在这个随时都可能被伏击的危险村庄里！

张龙迟疑了一下，但他还是问了一句："五爷呀，如你这样说，那么，你师父范万里，你师妹范月婷……又应该是个什么角色呢？"

众人盯紧了白玉堂。

| 是呀，张龙大概没好意思说出口，你白玉堂又是个什么角色呢？

白玉堂苦笑一声："他们父女二人有两个身份。"

展昭疑道："如何是两个身份？"

白玉堂道："先说他们父女的第一个身份，他们都是青龙会的人。"

众人吃了一惊，却又恍然点头。是呢，如果说范家庄是青龙会的据点，那范万里、范月婷理所当然就是青龙会的人了。

白玉堂看看众人，却又笑了："不过，他们还有第二个身份，他们又不是青龙会的人。"

众人愣住了。

白玉堂道："他们真正的身份，是包大人当年精心设局，安排在青龙会里的卧底。"

众人呆住了，他们万没想到，范万里父女，竟然是包大人早就安排到青龙会的卧底。

白玉堂苦笑道："诸位细想，若不是范月婷暗中通气，包大人怎么会知道相亲的车队就一定会在范家庄落脚呢？你们应该记得，当车队经过那个名叫快活林的丛林时，曾被一群黑衣人拦截纠缠，他们就是要拖延你们的行程，使你们不能到达阜阳城，本来，他们或是应该与你们争斗到天黑。可是天却下起了疾雨，他们便撤退了。因为他们已经料定，你们在雨中赶路不及，一定不能在阜阳城门关闭之前赶到阜阳，那么，你们就只能在范家庄留宿了。这就是精心的计算。"

张龙点头："五爷说的是，当时那些黑衣人并不是不支退去。我还奇怪，他们来势汹汹，志在必得，如何又仓皇撤了呢？现在想来，是那场雨使他们改变了纠缠，放我们过去了。"

白玉堂讥笑道："但是他们却想不到，他们铺垫很久的范家庄，竟然会有包大人预先埋伏的卧底。"

众人听罢又呆了，这真是复杂呢，包大人竟然早就安排下这两枚闲棋冷子，想不到今日派上了用场。展昭仰天长叹了一声："包大人神机妙算呢。我辈望尘莫及啊。"

白玉堂叹道："但我还是迟钝了，那天我与展护卫去妙笔山时发现，他们已经在山中炼好了硝石。他们打着九贤王的旗号，封锁了妙笔山，足足有半月之久，这半个月，他们能炼出多少硝石呢？我们不会知道，但是我们已经知道，他们所炼出的硝石，足以与那五千斤木炭配伍。"

白玉堂叹道："他们偷走的这一百辆车，都是有记号的车。换句话说，这一百辆车，都是装了木炭粉的马车。我那天从黑树林出来，把这些车与庄里没被偷走的那些车做了比较，便发现了这个蹊跷。"

展昭醒悟道："玉堂弟，你的意思是，这些有记号的车，是被弄走去配制火药了？"

白玉堂点头："对。他们只是完成了火药第二步的配制之后，又把车辆送了回来。"

赵虎疑道："五爷，他们果真要把这些配伍硝石的木炭，通过我们运到杭州吗？"

白玉堂摇头："最后的目的地是不是杭州，我还一无所知。因为，现在这些火药还欠缺硫黄的第三步的配制。但是有一点可以肯定，他们一定要配制的。"

张龙皱眉："五爷为何如此肯定？"

展昭笑了："玉堂呀，我也猜中了一些。"

白玉堂也笑了："或是展兄已经了然于胸了呢。"

展昭疑道："我却还是不明白，为何他们把这些夹带了木炭与硝石粉的车辆还到我们手上呢？"

白玉堂笑道："他们当然认定我们会赶着这些车辆继续去杭州。"

张龙点头："他们也许已经料定，我们会把这些车辆送到杭州。而且由开封府的人押送，必然保险安全的。"

展昭讥讽地笑了："这些贼人果然狡猾呢。"

白玉堂哼了一声："这却是他们的一厢情愿呢。"

赵虎疑道："只是我还有疑问，他们把这些木炭与硝石运往杭州作何用呢？"

白玉堂摇头："他们为何运往杭州？目的何在？用途何在？我们都尚一无所知。"

忽听有人敲门，打开门，竟然是马汉。

马汉苦脸道："区化龙催促上路呢。"

展昭与白玉堂相视一笑。

展昭嘲讽地说道："我这就去与陈小三，不，我去与这位真正的区公子说说。"

肆 捌

东京城内，已经是掌灯时分。

包拯走走停停地进了开封府。公孙策迎上来。

公孙策见包拯有些闷闷不乐，即小心问道："大人或有心事？"

包拯皱眉道："有潜伏在辽国的密报传来消息，辽国精锐多有异动。西京的耶律阿成，已经率军悄然向东开拔了。先锋官是大同的守备萧尔成。"

公孙策惊异："萧尔成是萧太后的亲信，辽国重要将领。此人出现，辽国或有阴谋呢。"

包拯摇头苦笑："朝中一些大臣却不以为然，认为这属于辽国的正常军事调动，我们不必大惊小怪。"

公孙策顿足："如此迂腐之论，真是误事啊。"

包拯道："萧太后派信使来，要与皇上约定在蔚州见面的日子。"

公孙策愕然："皇上去蔚州吗？虽说宋辽开始通商，毕竟萧太后老谋深算……"

包拯点了点头，说道："我也是不解呢，这边境通商，本来应由宋辽两国主管商务的大臣去办，为何萧太后也要亲临呢？"

公孙策道："如此规格，或是从来没有呢。真正是没个来由。"

包拯叹道："我担心的正是这个呢。"

"大人想如何做？"

"我们要认真商议一下呀。"

"大人，下属联想了最近一些事情，却想到了南辕北辙这句话。"

包拯眉头一扬："哦，公孙先生，有何奇思妙想，说来听听。"

肆玖

由东京出发，经过了二十多天的旅途跋涉，区化龙的相亲车队终于到了杭州。

车队经过杭州城的北门，招引得杭州市民熙熙攘攘驻足观看，展昭便问区化龙："区公子，你是先到驿馆歇息，还是直接去朱员外府上呢？"

区化龙笑道："展护卫，这一路上惊险迭出，磕磕绊绊，我心如飞矢，总算到了杭州，我自然是要先去见我岳父了。"

白玉堂讪笑道："我记得区公子此行杭州，是来相亲的呀。相成与否，尚在未知，公子如何对朱员外先以岳父称呼了呢？"

区化龙尴尬地笑道："朱家小姐，花容月貌，化龙早已经倾慕，此次相亲，岂有相不中之理呢？"

一路说说笑笑，便到了杭州白桥巷。

白桥巷在杭州北高峰下，是一条很深的巷子，这里距离灵隐寺百余步远。每日里有许多到寺中的香客，从巷子经过。于是，便有了些经营小本生意的商贩，在路边摆设摊位。

朱世富的宅子在白桥巷子口。

朱员外家的门宅高大气派。

车队在朱员外门宅前停下，区化龙上前叩动门环。

一个上了些年纪的男门佣开门，区化龙拱手施礼，报了家门。门佣急忙笑道："区公子大驾到了，快快请进。"

区化龙带着众人走进了朱宅。

门佣惶惶地去报信了。片刻工夫，朱家的管家跑出来，拱手笑道："在下问候区公子，在下朱玉青，是朱家的管家。"

区化龙打量了一眼朱玉青。朱玉青30多岁的年纪，很是精干的样子。区化龙拱手道："区化龙见过朱管家了。"

朱玉青很不好意思地说："区公子呀，真是不凑巧。朱员外与朱小姐今天早上出门去了。"

区化龙疑惑道："他们不知道我来吗？"

朱玉青笑道："不瞒区公子，这些日子，我家老爷与小姐等得万分心焦呢。"

区化龙皱眉："他们什么时候回来？"

朱玉青摇头："这个嘛，老爷出门时没有交代。区公子不要急，想必老爷与小姐也外出不了多少日子。公子且先住下。"

区化龙点点头："好吧。"

朱玉青便让车队进了宅院。

区化龙转身对展昭笑道："展护卫的使命已经完成，开封府的弟兄们可以回京复命了。"

展昭笑道："话是这般说，可如果见不到朱员外，展某回去如何交差复命呢？"

区化龙说不动展昭，便笑道："那又要耽搁展护卫几天了。快快请进吧。"

展昭走进来，方才知道朱宅竟是一个深阔的宅院。朱家的佣人介绍，这院子是个深套院，五进三出，沿地势而造，后院出门，可一直通往北高峰。

展昭对白玉堂感慨："玉堂呀，都言杭州朱世富，果然不假呢。"

白玉堂淡然笑道："朱家的财富，名扬天下。展兄或是眼见为实了呀。"

车队安顿完毕。区化龙请展昭喝茶。

展昭笑道："谢过公子美意了。"

白玉堂便对区化龙笑道："区公子，这一路上有惊无险，确是让区公子辛苦了呢。"

区化龙笑道："也真有劳白义士了呢。"

展昭笑道："一路辛苦，大家各自歇息吧。"

众人便各自散了。

展昭刚刚回了房间，张龙便敲门进来。

展昭问："张龙，有事？"

张龙低声道："展护卫，我刚刚在街中见到区少安。"

展昭惊异："你见到区少安了？他如何来杭州了？"

张龙正要再说，白玉堂推门进来了。

展昭道："玉堂，你来得正好，张龙刚刚说，他见到了……"

白玉堂摆摆手，拦住了展昭的话头，笑道："展兄呀，且莫说破。"

展昭疑道："你知道了？"

白玉堂笑道："此人此时来杭州，却是正理呢。咱们出去走走吧。多年不来杭州，这确是个风景宜人的地处呢。无怪乎被人当作了世间天堂。至少要走马观花看一看，否则岂不辜负了苍天造物的辛苦？"

伍拾

白玉堂与展昭漫不经心地在杭州城内信步闲逛，杭州城内熙熙攘攘，展昭笑道："玉堂呀，杭州市场丰盈繁华，丝绸当属天下无双，不妨买些回去馈赠亲友，也不虚此行了。"

白玉堂点头笑道："展兄想得周到……"他突然不再说了，他看到了一个女子正从一家丝绸店出来。他当然认得这个女子，这女子是范月婷。

而范月婷没有发现白玉堂。

展昭也看到了，低声道："玉堂，看到范姑娘了吗？"

白玉堂皱眉："看到了，只是不解，她如何也来杭州了？我们且看她去哪里？"

白玉堂与展昭悄然跟踪，随范月婷一路到了万山酒楼。

白玉堂、展昭正要跟进门，却不想范月婷突然回过头来。

范月婷看着他们。

展昭有些狼狈，故作惊讶："范姑娘，是你？"

范月婷莞尔一笑，点了点头。

白玉堂疑惑问道："师妹为何来游杭州城了呢？"

范月婷道："两位且随我来。"

白玉堂、展昭便随范月婷进了一个雅间。

三人相对坐了，白玉堂道："师妹呀，你是怎么一回事呢？"

范月婷长叹一声："或许事情师兄都已知道了。"

白玉堂点头笑道："我来范家庄，是包大人指派。我有什么不知道呢？你们是卧底。"

范月婷也笑了："我与父亲确是包大人安插在青龙会的卧底。只是，青龙会这次行动，我不知道底细。只知道一个名叫野驴的人，是这场行动的指挥。"

白玉堂皱眉道："野驴或许是他？"

范月婷疑问："师兄说的是哪个？"

白玉堂道："区长河。"

范月婷惊异："区长河……"

展昭也疑问："区长河已经死了呀！"

白玉堂摇头道："依我想，区长河并没有死。"

范月婷道："若是区长河没有死，那么，他之所以诈死隐身，或是为了这一趟相亲车辆？"

白玉堂道："他们在相亲车辆中匿藏了特制的木炭，又在阜阳城装了特制的硝石，若我想，他们必定要在杭州城再配制特制的硫黄。如此火药制成，他们或是在杭州城内有大的举动。"

范月婷皱眉："这果然是个巨大阴谋。"

展昭道："玉堂，此事越发蹊跷了呢。"

白玉堂叹道："其实，我们陷入了一个误区，我们之前的推理与猜测，都是在认定区长河已经死去这个前提下进行的。但是，区长河却没有死。我们之前的所有判断就要重新审定了。"

展昭点头："玉堂说的是，区长河根本是诈死。如此煞费苦心，他想干什么呢？"

白玉堂摇头："现在还不可说呢。"

展昭皱眉："如此说来，青龙会投降，就是一个精心设计的骗局。"

白玉堂笑道："他们认定此举万无一失，岂不知，早就被包大人看得一清二楚。"

展昭疑道："或是青龙会去年就与包大人接头了？"

白玉堂点头，接着说道："的确，去年深秋，包大人曾在南阳巡视，凑巧我正在南阳游玩。因我与区少安有几面之交，包大人便带我秘密会晤了区少安。会晤地点，在南阳城外区少安的一处宅院。包大人对区少安讲了招安的事情。"

展昭、范月婷怔怔地听着。

白玉堂笑道："当时包大人警告区少安，朝廷对青龙会的清剿势在必行。包大人讲完了，便起身走出客厅。区少安和他的几个手下恭敬地送出客厅，站在秋风劲吹的院子里，望着包大人走了。我当时兀自回头，看到区少安有些颤抖，或是被风吹得厉害。"

> 有一种盼望叫做望穿秋水，有一种寒冷叫做忘穿秋裤。区先生大概没穿秋裤？

展昭笑道："如此说来，包大人早就胸有成竹了。"

范月婷沉默无语，若有所思。

白玉堂笑道："包大人当时走出街门，曾有四句打油诗，我还记得，可作观照：大风大雨路蹉跎，大恩大怨怎堪说。大人大量凭谁问？大彻大悟过来者。"白玉堂念罢，转身看着展昭与范月婷。

展昭、范月婷相视沉默。

白玉堂摇头叹道："我记得那个区少安，精神抖擞，一表人才，可惜呢，我感觉他不是真正的区少安。或许真正的区少安已经尸骨无存了呢。"

展昭呆住了。

范月婷也呆住了。

白玉堂苦笑："我现在虽然不知道区少安的真实身份，但却可认定，他是辽国的奸细。"

展昭惊讶道："辽国奸细？"

白玉堂冷笑了一声："现在事情已经真相大白，薪炭局的五千斤木炭，都是全国各地精心选送的木炭，他们给'朱世富'所送的，本是一个配方，用这个配方调制出的火药，比常规的火药力量要大得多。'朱世富'突然失踪，并非偶然，他本来就不是什么富甲一方的财主，杭州城内，所谓朱家的生意，其实就是青龙会的生意，而他只是青龙会安插在杭州城内一个生意总管而已。"

展昭叹道："这一招果然奇妙，百余辆车装载的都是木炭粉与硝石粉，朱世富这里的硫黄已经备好，陈阳河的硝石也已经全部熬制完成，火药一旦完成，再由开封府捕快押送，一路可不必接受检查，完全按照他们指定的地点运送。"

白玉堂点头："的确如此，歹毒的计策呀。"

伍壹

几十个衙役鸣锣开道，南阳同知区少安被迎进了杭州城。

杭州知府余边大步走出衙门，迎了区少安。

区少安拱手笑道："怎么敢劳动余大人出衙呢？"

余边笑道："区大人呀，梁大人早已快马来了书信，说区大人要在杭州给区公子完婚。余某当尽地主之谊呢。"

区少安忙摆手："哎呀，区某私事，却是惊动了诸多同僚，让区某心下忐忑呀。"

二人说说笑笑，携手并肩进了衙门。

二人在余边的书房坐了。衙役沏茶上来。

余边笑道："余某已经为区大人准备了上等客房，区大人一路劳顿辛苦，还是歇息一下，再去朱员外家吧。"

区少安点头称谢："这一路风尘仆仆，甚是狼狈，如此去见亲家，确是有些不堪呢。余大人替区某想得周全，择日区某一定要酬谢余大人。"

余边摆手笑道："万万说不上酬谢，区公子大婚之日，余某必定要去府上讨杯喜酒呢。"

区少安笑道："还有一事，请余大人方便。"

余边笑道："区大人有何事，但请讲来，余某自当效劳。"

区少安笑道："区某想到灵隐寺求个签儿。"

余边笑道："这个容易。在下亲自陪区大人前往就是了。"

区少安摆手："不必了，区某喜欢一个人拜佛求签，来得灵验呀！"

余边欠身笑了："在下明白了。"

伍贰

北方的秋天比南方来得早。

南方此时仍然是秋阳温和，而北方的秋阳却有了许多冷意。

蔚州城外的大南山巍巍赫赫，之前大南山周遭是辽军驻军之地，整日里杀气腾腾，而今却是一派和平气象。

徐庆、蒋平五天前已随着安阳、阜阳的货物车队，抵达了蔚州。今天黄昏，卢方与梁上云押解着南阳的货物车队，也到了蔚州城外。

卢方在城门外翻身下马，徐庆、蒋平率队迎出城来。

徐庆笑道："大哥，好叫我与四弟惦记呀。"

蒋平也道："大哥呀，如何迟了这些日子才抵达？"

卢方笑道："南阳太守梁上云，因临时换人，才使得车辆行进得慢了呢。"

说着话，刘方之一行已经迎了出来。

卢方急忙上前拜见。刘方之看到卢方，刚要说话，梁上云从后边赶过来，翻身下马，拱手笑道："刘大人，梁某来得迟了呢。"

刘方之怔了一下："梁大人如何亲自来了呢？"

梁上云窃笑道："本来是区同知前来，可区同知有些私事，梁某便押车来了。"

刘方之呵呵笑了："是了是了，区大人的公子完婚。"

伍叁

灵隐寺今日香客不多，区少安信步走进来，一个僧人迎上前，双手合十："施主可要进香？"

区少安急忙还礼："回师父的话，俗家居士区少安，在家出家，今日来宝寺进奉香火。"

僧人听罢，看了看区少安，低声说道："区帮主，且随我来。"说罢，便前头走了。

区少安尾随这个僧人去了大殿后边。

大殿后边有一排厢房，应该是僧人们的宿舍。僧人引区少安进了一间房子，房内只有四张普通的床铺，并无一人。那僧人走到墙壁处，伸手拍了三下，那面墙便移动了。竟然是一个宽绰的大殿。殿内灯火通明，一张宽大的圆桌，围坐了二十多个人。区化龙也坐在其中。

那僧人对区少安笑道："区帮主，您请了。"说罢，便转身出去了。

那面墙便徐徐合上了。

区少安刚刚要说话，却冷不防区化龙猛地站起身来，拔刀朝区少安砍去。区少安闪身躲过，怒喝一声："化龙，你这是何意？"

区化龙冷冷地笑道："你为父不尊，杀你并非逆了天道。"

区少安冷眼看着区化龙，轻轻地摇了摇头。

区化龙恨道："明年今日，你的忌日，我一定要给你烧纸的，伦常不由己，我们终归是父子一场。"说罢，挥刀又冲上来。

突然，那面墙又徐徐打开了，一个身影闪进来，那身影大喝了一声："住手。"

众人定睛去看，原来是区长河。

闹了半天没死呀？

区长河大步走了进来，70多岁的年纪，竟然是步履如风。让人羡慕呢。

区长河进门，看了看区化龙，摆手道："不得无礼。"

区化龙急道："爷爷呀，我爹他引了朝廷的人马，将我们围困，想我青龙会几代人辛苦浴血，才换来今日的繁荣，怎么能毁在他的手里呢。"

区长河摇头笑了："龙儿，你年轻呢。"说罢，他上前一步，给区少安跪倒："区长河见过帮主。"

在场的人全都惊呆了。

区长河这一跪，真如晴天霹雳。

父跪子？

如此反传统，哪国礼节？

区少安忙起身搀起区长河："老帮主不必如此。"

区长河躬身再揖让了一礼，便站在一旁。

众人与区化龙皆是目瞪口呆，哑了一般，瓷了目光看着区长河与区少安。

区少安看了看众人，微微笑道："诸位莫要惊诧。我并不是区少安。"

此言一出，满堂惊讶。区少安不是区少安，他是哪一个？

区少安点头说道："我本是辽国三太子耶律晶。在青龙会卧底多年。今日事情紧急，就亮明我的身份吧。"

众人怔怔地看着区少安，这个自称耶律晶的男人。

耶律晶看了看区长河，微微笑道："还请区帮主说清此事原委吧。"

区长河看了看众人，悠然叹了口气："此事已经七年，当年青龙会被朝廷追杀得过狠，本意在三关卧底，刺杀杨延昭。后被穆桂英设计，在涿州城一战，近乎全军覆没。老帮主为了保存些青龙会硬气的种子，便假意投降，趁夜让我带着几百人逃往幽州。不承想穆桂英过于狡诈，招降阵前杀害了老帮主，同时对我等一路追杀，后来在耶律晶太子的接应下，我们才得以仓皇逃进了幽州城，稍作喘息。当时，我儿子区少安负伤沉重，眼看不治，我看到三太子与区少安很有几分貌似，便与他商量了一个李代桃僵之计，在幽州城悄然葬了我儿区少安。由三太子冒名顶替。此事说来有五年了，真是委屈了三太子呀。"说罢，区长河向耶律晶再深施一礼。

耶律晶急忙搀扶住区长河，感慨地看了看众人："此事做得机密，为防止朝廷的耳目，我与区老帮主不得不如此呢，还望诸位谅解我们的苦衷一二呀。"

区化龙赶上前一步跪倒:"化龙不知道内情,多有得罪帮主,还望治罪。"

耶律晶扶起区化龙,叹道:"想我耶律晶卧底多年,也只为今天,以求放手一搏。还望区公子多多效力呢。"

区长河看看众人,朗声说道:"诸位,我们安排的这一次行动,付出了太多的心血与牺牲。此次,我们志在必夺。现在,请三太子给大家讲下一步行动计划。"

耶律晶看看众人:"今晚,我们开始行动,现在开始分工,有人要继续留在杭州,与开封府周旋。有人要即刻启程去蔚州。"说到此处,看看区长河:"老帮主,您还要孤身犯险一回,拖住白玉堂一行才是。有劳了啊!"说罢,深深一揖!

区长河欠身拱手,慨然说道:"三太子放心,老夫早已将生死置之度外!"

伍肆

张龙递给展昭一封信。

展昭看了,竟然是写给杭州归期巷车马客栈的。信上写明,将全部火药,在杭州集中。

展昭让人把白玉堂找来。

白玉堂看罢了信,疑道:"这么重要的信,为什么不用暗语呢?"

展昭也怀疑:"是呢。"

白玉堂冷声问一句:"信使呢?"

张龙道:"仍在关押。"

白玉堂点头:"我去看看。"

白玉堂带着张龙几个进了偏房,见那个信使被捆在墙角。

白玉堂走近前,细看那信使,嘿然一笑,伸手揪下那信使的胡须。众人就怔了,这信使原来是范月婷。

白玉堂讪笑道:"师妹呀,你何时改行送信了呢?"

范月婷苦笑了:"师兄呀,若不是为见你,我何苦呢。"

白玉堂问:"这封信是真的吗?"

范月婷点头:"这封信就是我写的。我就是要给师兄送信呢。"

白玉堂看着范月婷,感慨了一句:"师妹呀,辛苦你了呢。"

正在说话,马汉满头大汗,匆匆赶来,马汉告诉白玉堂:"区化龙不见了。"

白玉堂皱眉:"他们会去哪儿呢?"

展昭道:"他不会隐藏起来吧?"

范月婷道:"我想,他们是否在作火药的文章呢?"

展昭问:"玉堂,你讲区长河没有死。我们在哪里见他呢?"

白玉堂看了看窗外,点了点头:"我们是要见一见这个死而复生的人了。"

伍伍

黄昏时分,开封府退堂。

包拯单独留下了公孙策。包拯告诉公孙策,他奏明皇上,明天他先去蔚州视察。

公孙策笑道："皇上同意不去蔚州巡视了？"

包拯摇头苦笑："公孙先生的南辕北辙之计，未能生效。皇上只同意晚几天启程。我只得前去看看情形了。"

公孙策叹道："大人，宋辽通商贸易，皇上早有安排，并有专门大臣负责具体事物，与咱们开封府何干？何必劳动大人你呢？"

包拯摇头笑了："其中之事，或是不可说呢。皇上已经催促，他不日要去蔚州巡视。你想呢，皇上要亲临边关，事情非同小可。皇上到达之前，我当然先要实地考察。公孙先生，我走之后，开封府大小公务，皆由你掌控，如遇疑难，可便宜行事。"

公孙策道："大人放心，我会恪尽职守。"

包拯皱眉："此次皇上要亲临边关，怕是萧太后那里……"

公孙策点头："急于求成，怕是与虎谋皮呢。"

包拯叹道："宋辽两国，多年战争，皇上君临天下，圣心自是一番苦楚呀。此次去边关视察，也可让朝野理解。"

伍陆

白玉堂与展昭带着张龙、赵虎进了白桥巷，在朱世富高大的门宅前下马。白玉堂上前叩打门环。

朱玉青开门迎了。

白玉堂笑道："朱管家，我们特来拜访朱员外。"

朱玉青笑道："几位差爷稍候，我这就去通报。"

不一刻，朱世富大步迎了出来。白玉堂打量朱世富，此人60开外的年纪，却十分精壮。一绺长须，在胸前飘洒。

白玉堂与展昭拱手通报了姓名。

朱世富拱手笑道："久闻大名，如雷贯耳。"

白玉堂笑道："这话应该是我们送给朱员外呀。听说朱员外最近外出了？"

朱世富笑道："不瞒几位差爷，朱某外出了些日子，生意上的事情。请进，快请进。"

众人随朱世富进了院子。

院内花草已经有些败落，几个花工在收拾院子里的盆景与树木。

朱世富引众人进了客厅。展昭给白玉堂使了个眼色，白玉堂点头会意。这个朱世富脚步沉稳，分明是个武林中人呢。

众人在客厅里坐了，朱世富喊下人上茶。

白玉堂呷了一茶，笑道："果然好茶呢。"

展昭笑道："西湖龙井，名不虚传。"

白玉堂笑道："朱员外在杭州多久了？"

朱世富笑道："不瞒诸位，我本商丘人。自幼随家父到此做生意，屈指数来，也近三十年了呢。"

展昭称赞一句："人生如白驹过隙，三十年只是过眼云烟，朱员外创下如此辉煌的家业，真让人叹服呀。"

朱世富摆摆手："过奖了呢。"

白玉堂讪笑道："朱员外，你这份家业，或不是做生意得来的吧？"

朱世富怔了："白先生，此话何意？"

白玉堂道："马无夜草不肥，人无横财不富。朱员外的家业，或是险中求来的吧？"

朱世富呼地站起身："白先生，若有猜忌，还望如实说来。"

白玉堂点点头，也站起身："如你这般说了，那么，朱员外，你还是以真面目示人吧。"

朱世富怔住了："白先生，我有何真面目？"

白玉堂笑道："朱员外附耳过来，白某有几句私密话，要对你讲。"

朱世富疑惑地凑近了，白玉堂却猛地伸手，撕下了朱世富的长须。

众人惊住了，朱世富的长须竟是假须，粘贴在额下。

朱世富大怒："白玉堂，你为何如此无礼？"就扬手摔了手中的茶碗。

白玉堂怔了一下，淡然说道："你莫急躁，我只是让你用真面目见人。"

朱世富愤然又摔了一个茶碗："我有何真面目？"

白玉堂粲然一笑："区长河？你或是张继续？"

朱世富皱眉："白玉堂，你称呼我什么？"

白玉堂怔了一下，便讥讽地笑了："我称呼你区长河，或是张继续。你用尽心机，诈死匿迹，却想不到，我们在这里见面了。"

一旁展昭狐疑："玉堂，这是怎么回事？"

白玉堂没理会展昭，他冷眼看着朱世富："区长河，或是张继续，事到如今，你没有发现你留下了什么破绽吗？"

朱世富点头："你说得不错，我就是区长河。"说罢，他扯下了假面，果然是区长河。

白玉堂点点头："你是区长河，不过，你的确也像张继续。"

朱世富哼了一声："区长河、张继续本来就长得相像，这是江湖上人人皆知的事情。"

白玉堂看着区长河道："包大人曾经告诉我，区长河曾经与他私下见面，区长河已经厌倦了青龙会的日子。正常人都可以想象，区长河一个年近 70 的老人，应该是向往安静的生活了。于是，区长河与包大人联系招安，但是，这一切被张继续得知了，张继续不想青龙会被招安，便设宴毒死了区长河。区长河死了，张继续自己也必须被区长河的人杀死，这样才显得更真实。不对吗？"

朱世富冷眼看着白玉堂："你说呢？"

展昭疑道："张继续害死区长河？他们之间并无仇恨呀！"

白玉堂讥讽地笑了："说的是，江湖中都知道，张继续与区长河并无仇恨，二人有着几十年的生死交情。在局外人看来，或是区长河看着张继续有钱了，心生忌妒，所以想对张继续痛下杀手。其实，人们很快就会想到另一点，这世界上还有比钱更让人利令智昏的，那就是权力。人们不怀疑区长河看中了张继续的钱财，但更能想到，张继续早已看中了区长河的权力。人们更乐意相信，张继续要对区长河下手了。"

众人静静地听着。

白玉堂讪笑道："通常的说法是，人如果眼睛红了，心就要黑了。黑了心的人，还在乎交情吗？在外人看来，这些年，随着张继续的财产越来越多，他对权力的向往就越来越强烈。张继续与区长河之间的交情就越来越弱，张继续这次杀区长河，与其说是顺手牵羊，莫不如说是处心积虑。其实呢，这正是你们所需要的旁人心态。"

朱世富哈哈笑了，扬手摔了一个茶碗，点头道："白玉堂，你说得不错，接着往下说。"

展昭看着满地的碎片，心疼，这茶碗是真正的上品定瓷呢，真是有钱人啊。

"但是，我刚刚所说的一切，都是真的吗？"白玉堂皱眉摇头。

朱世富愣住了："你是说……"

白玉堂摇头："事实真相未必如此吧？我还知道一些江湖上许多人不知道的事情。"

朱世富讥讽地笑道："愿闻其详。"

白玉堂道："如果说，你是区长河，那么，你就是利用张继续请客之际，诈死匿藏，同时也害死张继续，这就是你的目的。"

朱世富点头："的确是这样。"

白玉堂摇头笑了："可是，如果你真是张继续呢？你就利用请客之际，害死区长河之后，同时诈死匿藏。"说到这里，白玉堂停顿了一下，皱眉看着众人："可是，到底哪个才是真相呢？"

众人怔怔地看着白玉堂。

白玉堂冷眼看着朱世富："开封府认真调查过区长河被毒死一案，也调查过张继续被勒死后丢入茅厕的真假。捕快们发现，张继续的死疑点颇多。第一，都传说他是被人溺死在茅厕了。可是，谁见到了？他又是被谁推下去的呢？再有，他的尸体呢？谁见到入殓了呢？第二，他的墓地在哪儿？有人说，他埋在青云岭了，那里是青龙会的老坟。可是，以张继续金盆洗手的身份，不可能在那里入葬。也有人说，他的坟在城东，是他家的祖坟。据我所知，他家不是东京人，城东不可能有他家祖坟。还有人说，他埋在了城西，捕快们去城西调查过，那里根本就没有他的坟。如此众说纷纭，使得张继续的死成了一个谜团。为了澄清事实，开封府派我同时暗中调查，我得出的结论是，张继续没有死。换句话说，张继续是诈死。"

展昭狐疑道："玉堂呀，我听得糊涂了，他到底是张继续还是区长河。"

白玉堂叹道："展兄，你且听我说下去，片刻你就会知晓，此人到底是张继续，或是区长河。"

张龙、赵虎怔怔地看着白玉堂，他们完全怔住了。

区长河、张继续，这二人是怎么联系在一起的呢？

朱世富嘿然冷笑："白玉堂，你如何这样说，总要有个理由吧。"

白玉堂点头："我的确要给大家一个理由。"

展昭急道："玉堂呀，这到底是怎么一回事呢？"

白玉堂看了看朱世富："看起来，我真要说破这个谜中谜的故事了。"

朱世富表情云淡风轻，呵呵笑道："愿闻其详。"

白玉堂看看众人，长叹一声："且让我从头说起。"

屋内登时一片寂静。

白玉堂道："当年，江湖上有一个传说，区长河与张继续同入江湖。后来，张继续金盆洗手，退出江湖，开了钱庄。区长河常在钱庄里用钱。可见二人彼此之间，情若兄弟。但是，后来江湖上又传说，这二人竟然闹翻了。接着又传说，这二人又言归于好了。到底真相如何呢？谁也不知道。"

朱世富笑道："或许白玉堂知道？天下人都知道你是个聪明人。你果然知晓吗？"

白玉堂点头："我并非聪明，只不过，我喜欢遇事动动脑子。我知道了一个江湖中很少有人知道的秘密。"

区长河道："什么秘密？"

白玉堂道："我听过江湖传闻，张继续并不姓张，姓阎。"

展昭道："的确有这个说法，张继续的父亲本是一个太医。"

白玉堂道："这些事情，是包大人告诉我的，是前朝的故事。宫中有一位姓阎的太医，因为与一个宫女有染，便获罪了。那年真宗皇帝初接大宝，便赦免了这位阎太医。只将阎太医赶出了皇宫。那位太医便带着那位怀孕的宫女到了乡村。十月分娩，这位宫女竟然生出了双胞胎，一对男孩儿。这一对男孩子，后被当时青龙会的帮主区竣青和副帮主张忠诚分别收养了。于是，一个起名区长河，一个取名张继续。由此说，他二人本来就是同胞兄弟，二人长得十分相像。"

展昭听得瞪目："玉堂呀，这难道是真的？"

朱世富看着白玉堂，神色有些复杂，他讥讽地说："白玉堂，你果然知道的不少呢。"

白玉堂冷笑："我说的只是传说。真实的情况呢？其实，这传说只是你们自己编造的谎言。真相是，无论是区长河还是张继续，世上只有一个，没有两个。"

人们听得怔了。

白玉堂爽声笑了："难为我勘破了这个迷局，真正意义上，区长河与张继续，是一个人。"

二
二
〇

白玉堂叹道："当年，区长河在江湖上就是个多变之身，之后，他或是考虑到什么，便伪造了一个身份。人讲分身无术。可是，区长河，分身有术，他编排了一个张继续。"

为什么？众人都看着白玉堂。

白玉堂讪笑道："道理很简单，区长河横行江湖多年，积攒下无数金银财宝，这些财宝如何管理，当然他要自己管理，交给别人他断不能放心。于是，他编造了一个张继续，忙碌杀人害命之时，他就是区长河；闲暇之时，他要理财，他就成了富豪张继续。如此而已，此障眼法，蒙骗了我们多年。"

众人听得呆若木鸡。

白玉堂继续说道："青龙会接受招安，此谓形势所迫，诈降而已。区长河需要隐藏，张继续也当然需要消失。如何办理这件事。区长河想了个办法。他要在众目睽睽之下，由众人见证他完成这个阴谋。区长河过生日，张继续请客。区长河被毒死了，连同他那四个貌若天仙的女保镖。怀疑的目标，第一个首选张继续。可是，张继续也被人害死了。于是，从此世上便没有了张继续，也没有了区长河。故事应该是这样的吧？"

展昭点头："的确是这样。"

众人呆呆地听着。

| 如此阴谋，让人蒙圈。

白玉堂叹道："我还没有想明白。但是，你诈死之后，区少安按照你设计好的路线行进，青龙会集体招安，被分配到赵允勉将军的麾下，也是你设计好的。你早在一年前，就在江湖上放风说，赵允勉将军是你们青龙会的克星，是青龙会的天敌。为什么放出这种风声？只是要给朝廷造成一个印象，青龙会谁也不服，只服赵允勉一个。于是，青龙会被招安之后，依照历来对归降者戒备心态，皇上必定把青龙会划归到赵允勉将军的麾下。由此，谓青龙会归降，只不过是重新改换了地点而已。只待一声令下，青龙会照例是青龙会，只不过是改换了服装而已。"

朱世富涩涩地问了一句："你如何想到了这些？"

白玉堂皱眉："我私下查访过赵允勉将军的历史。严格地说，他并没有继承他亲生父亲的能力，当然，他也没有他父亲曹彬大将军的资历。赵允勉是真宗皇帝的义子，他做到东京步兵统领这个显赫的位置，并不是他有多么大的战功，他只是靠着与皇帝的这层关系。他没有上过前线，他只是带兵与青龙会打过小小不言的两仗，而且这两仗赢得蹊跷。换句话说，赢得过于顺利。我就不得不怀疑，这不是打仗，这是演戏。我今天可以实话实说，有这种怀疑的，不仅是我一个，包大人早就看出其中或是有诈。"

朱世富点头笑了，扬手又摔了一个茶碗，却不再作声。

展昭看着朱世富，也不再说话。

摔吧，反正都是你们家的。

白玉堂继续说道："之后，赵允勉将军把马云洪从薪炭局盗窃的五千斤木炭藏入军营。再之后，利用开封府护送相亲车辆的机会，将制成炭粉的木炭夹带出城。再之后，你化装成范家的老佣人张五多，在范家庄指挥了这一切。你在阜阳城内制造了区化龙失踪的事端，借机将制造好的硝石也夹带到了相亲的车辆中。而后，你利用诈死脱身而去，再悄然害死了真正的庚广元大人，派你的手下冒名顶替庚广元混入我们的车队。此事前后，你命令你的手下李冲、蔡越，屡屡对区化龙下手，目的就是让我们心无旁念，聚精会神地保护着那个假区化龙抵达杭州。但是，你却没有防备，我拆穿了真假区化龙的把戏。"

朱世富击掌笑道："白玉堂，你果然是个聪明人。"

白玉堂笑道："但是，我还是晚了一步，直到范姑娘给我们送信，说张五多混进了我们的车队，我才怀疑你的身份。"

朱世富怔了："范月婷？她向你告密？"

白玉堂点头："对，事已至此，我也不必再瞒你。范姑娘就是包大人安排在青龙会的眼线。"

朱世富怔了一下，哈哈笑道："包拯狡猾，略见一斑。只是，范月婷这个卧底，只是一个小角色，许多秘密，她是不知道的。"

白玉堂道："不错，范姑娘是一个小角色，可是，她却看出，那个庚广元并不是一般等闲人物。由此，我怀疑你，或许就是死去的张继续，或是已经死去的区长河。但是，我后来才知道，那庚广元却是张继续的手下张鹏。"

众人都沉默了。

白玉堂讥讽地笑了："你原来计划，你暗中随着开封府押送着车队，瞒天过海，一路平安护送到了杭州城。可是，这时，我有个疑团，我不知道你到底是区长河，还是张继续。我想了一个办法。即我利用区化龙一时糊涂，说出了那个子虚乌有的调兵信物——虎头。如果你果真是区长河，那么，你必然不信。如果你是张继续，你必然也不相信。相信者，必是他人。果然，张鹏跳了出来。"

朱世富点头称赞："白玉堂，你果然心细如发呢。"

白玉堂摇了摇头："我不好瞒你，我确不知道你们在杭州城配制火药作何用途。最大的可能就是，你们想谋杀皇上，可是皇上已经改变了南巡的计划，你们在杭州行刺的计划已经落空。日子回不到开始，你们只能以沮丧收尾了。"

展昭怒声喝道："你是区长河，还是张继续，你从实招来！"

朱世富一言不发，微微闭起眼睛。

展昭还要发怒，白玉堂却拦住了他。白玉堂笑道："区帮主不好讲，那就想好了再讲。"

朱世富哈哈笑了，扬手摔了第五个茶碗。

展昭正在诧异，白玉堂皱眉道："展兄，小心了。"

朱世富高声笑道："白玉堂，我不得不承认你天资聪明。不错，天下只有区长河，并无张继续，也无朱世富。我就是区长河！"

话音未落，但见区长河猛地跺脚，满地的瓷片竟是冲天而起，区长河大喝一声，转身抽出长剑挥舞，就搅动了无数瓷片，向白玉堂、展昭卷来。

白玉堂、展昭纵身跳开。展昭皱眉道："好阴险的暗器。"

白玉堂冷笑一声："展兄却是说错了，这是明器。"

区长河哈哈笑道："白玉堂说对了，区某是明器。"说到这里，他一挥手，那四个女子挥剑冲了出来。

登时，客厅内已经是刀光剑影。

好一场恶战，但听得屋中有扑通倒地之声。

区长河的长剑已经被白玉堂击落。

跟随区长河的四个漂亮女子，也被展昭击伤，倒地不起了。

白玉堂走上前，笑道："区老帮主，且说说火药的下落吧。"

区长河阴阴地冷笑："白玉堂，你的功夫果然名不虚传。老夫若是年轻几岁，必不是这样的结果。"

白玉堂长叹："这是没有办法的事情。你的确是老了。你还是回答我的问题，说说火药的下落吧。"

区长河恨恨地呸了一口："你休想知道。"

展昭招招手，马汉带着几个捕快上前，将区长河押走了。

展昭疑道："玉堂，如果区长河不招，我们如何找到那些配制好的火药呢？"

白玉堂冷笑："我不相信这杭州城内能藏得下这些火药。"

展昭皱眉："你是说……"

伍柒

白玉堂看着展昭："展兄，这些火药，会放在哪里呢？"

展昭皱眉："玉堂弟，如我们所掌握的这些，或许应该差不许多了呀。"

白玉堂摇头思索："展兄呀，我一直在想，我们是否有些太顺利了呢？"

展昭看着白玉堂："此话怎讲？"

马汉匆匆跑来，喜笑颜开："火药找到了呢。"

展昭喜出望外："在哪里找到的？"

马汉笑道："仍然在马车上，他们把火药藏在了灵隐寺外的白石村。一百辆马车，全部查获。"

白玉堂展眉笑了："白石村？果然不出我之所料。"

马汉点头："玉堂弟，你讲的果然应验了呢。"

白玉堂淡然道："马兄立下了功劳一件呢。走，我们去看看。"

三人出了驿站，飞身上马，向灵隐寺加鞭而去了。

灵隐寺外，已经站满了杭州府衙门派来的士兵。士兵们持刀亮剑，一时间，灵隐寺四周，杀气腾腾。

白玉堂与展昭、马汉在寺外飞身下马，杭州步兵统领孙瑜看到，大步迎上前来。

展昭问道："孙统领，火药全部找到了。"

孙瑜笑道："你们一路押运过来的火药，悉数都在此地了。"

展昭点头："进去看看。"

孙瑜道："展大人，随末将来。"

展昭、白玉堂随着孙瑜进了灵隐寺。

一百辆马车，都在寺院内停着。众多的士兵正在紧张地拆卸车上的火药。

孙瑜对展昭说："展大人，都在这里了。"

展昭看看白玉堂，白玉堂点头微笑，他走了过去，低下身子观察那些火药。他眉头一皱，伸手抓了一把火药，细细地捻着，他抬头看了看寺院中被拆卸下的火药，他的眉头皱紧了。

展昭疑道："玉堂，有什么发现吗？"

白玉堂对孙瑜道："孙统领，把拆卸下的火药先运到寺外的山脚下一些。"

孙瑜不解地看着白玉堂。

展昭道："孙统领，按白义士的吩咐去办。"

孙瑜立刻带着士兵，把已经拆卸下的火药，抬出灵隐寺。

众人跟着孙瑜，到了灵隐寺外。

火药一桶桶地堆在了山脚下，渐渐堆成了一个小丘的形状。

白玉堂道："赵虎，取支火把来。"

片刻，赵虎取来一支松油火把，递与白玉堂。

白玉堂将火把扔向了火药。

只听扑扑的响声，那小丘般的火药便燃着了，只听得扑扑的连声闷响，层层浓烟撕卷而起，冲上天空。

展昭怔怔地看了一刻，便摇头笑了："玉堂呀，这种火药，只适用于节日的焰火，能有多少杀伤力呢？"

白玉堂皱眉看着那些已经熄灭的火药，他走过去，抓了一把火药的灰末，掂在手里，仔细地看着。

他似乎突然猛醒过来，跌足道："展兄呀，我们全错了呀！"

展昭吃了一惊："玉堂何出此言？"

白玉堂的脸色苍白，一时间似走了太远的路程，变得有气无力。他的声音也似被抽去了筋骨，软软地对展昭说道："展兄，咱们回驿站去说吧。"

伍捌

蔚州州城内。

仁宗皇帝下榻之处，戒备森严。

包拯看了看堂下的卢方、徐庆、蒋平。

包拯道："几位，一路辛苦，包某却是有话要说呢。"

卢方道："大人有何话讲？"

包拯笑道："白玉堂有何疑点？"

卢方皱眉道："五弟这个人，一向任性，此次与他相遇，多有疑惑之处呢。"

徐庆皱眉道："这个白老五疑点颇多呢。"

包拯突然笑了："如果我告诉你们，白玉堂是接了我的密信，才去范家庄的，你们还有什么疑虑吗？"

卢方、徐庆、蒋平登时怔住了。

包拯笑道："好了，今日且不说这些了，你们到此，还有重要的差事要办。你们去一趟涿州。"

包拯又叹道："总算边关太平了呢。"

伍玖

杭州驿站，众人围坐，都怔怔地看着白玉堂。

白玉堂脸色苍白。

白玉堂点点头："事情全清楚了。问题是我们被绕进了一个圈套。"

展昭问："什么圈套？"

白玉堂叹道："其实，这一场相亲车队，就是要把我们所有的视点都吸引过来。其实，包大人的心思，早已在青龙会的掌握之中。我们的对手太了解包大人事无巨细的性格了，薪炭局失窃一案，包大人必定会追踪到底，而且，他们也料定包大人必定会邀白某参加此案的侦破。于是，我们的对手便甩出了诱饵。"

展昭愣道："他们全掌握了我们？"

白玉堂点头："是啊，我与包大人的性格，在某些方面有些相近，那就是心思缜密。这种性格对于破案，当然是好事。可是，如果这种性格被对手掌握，他们就会设置出种种陷阱，引我们入彀。"

展昭摇头："我还是不大明白。"

白玉堂道："你想，薪炭局失窃案发生后，公孙先生即奉包大人之令，飞鸽传书给我，要我进京勘察。我侦查到一些情况后，包大人又要我到范家庄联系范月婷，一同等候相亲的车队，就是要我近距离考察一下区家的真实态度。结果呢，相亲车辆与区化龙先后失踪，后又全身归来。我们便认定，他们是借这个失踪的理由，暗中将火药完成配制，让我们再一路押送到杭州。再想这一路上，我们遇到了种种障碍，但我们都化险为夷。而且他们反复追杀区化龙，使我们不敢稍有懈怠，不敢丝毫掉以轻心。同时，我们还查明了区长河诈死之说，我们自以为得计，却恰恰落进了他们事先挽好的圈套。也就是说，有时人们看到的东西，与真实的内容并不一致。我们押送来的，只是一些劣质火药，而他们精心配制的火药，已经在我们离开阜阳城的时候，转移到了南阳。而区长河，就是留下来，要拖住我们的。这些，便是要出乎包大人意料了呀。"

众人听得惊心。

白玉堂叹道："我现在想明白了，他们如此声张，一定是为了掩饰什么？我们且不管他们在掩饰什么，他们在遮掩我们耳目的同时，也一样遮掩了他们同伙的耳目。所以，李冲与蔡越才会那样逼真地入戏。他们也被骗了，所以他们才会那样卖力地刺杀区化龙。李冲、蔡越上当了，我们也上当了。为什么张继续会有那得意的笑声？我们在阜阳城失而复得的那些火药，其实已经被他们掉包。我们自认为火药被控制，殊不知，他们已经将真正的火药运走了呢。若我所料不错，我们的对手已经去了三关。"说到这里，白玉堂顿足。

众人呆呆地看着白玉堂。

白玉堂叹道："三关为何物？"

众人不解，看着白玉堂。

白玉堂大声说道："三关！三关乃我大宋的江山屏障。三关若失，辽军铁蹄便可长驱直入。我想，如果我们仍不觉醒，三关危矣！"

展昭皱眉道："玉堂，你说青龙会此举，着意在三关？"

白玉堂点头："展兄说得不错。只是，我们失算了。我也算得上一个精细之人，如何就忘却了一个事情，九月九日重阳节。"

展昭点头："这一天是宋辽两国通商的日子，这就快了呀。玉堂弟，这其中莫非有什么……"

白玉堂摇头叹道："大家想呀，通商开埠之时，阜阳、南阳、安阳等地，有大批商贾涌集三关，各类商品，种类繁多，凡谷物蔬菜、丝绸布匹、酒水药材种种，若其中夹带木炭、硝石、硫黄之类，岂不是轻而易举？且由赵允勉将军亲临三关坐镇调度，必将顺利交与辽国，而且火药制作，只需数日，开埠之后，三关战事必起，他们定会用新制火药炸开三关城墙。赵允勉将军必然与辽军里应外合，三关必失。三关既失，大宋危矣！"白玉堂陡然坐在了椅子上，面色一时苍白如纸。

展昭急道："玉堂弟，这可如何是好呢？"

白玉堂高声喊道："我们即刻赴三关，或是还有可能。"说罢，他朝张龙喊道："速速牵马来。"

陆拾

东京城内张灯结彩。

今天的确是一个欢庆的日子。

白玉堂与展昭马不停蹄进了东京，他们二人便在开封府下马。

展昭与白玉堂大步进了开封府。

公孙策见他们二人到来，有些诧异："你们如何回来了？"

展昭顾不得多说："包大人何在？"

公孙策道："包大人去了蔚州。"

"几时去的？"

"已经五天了。"

"大人为何要去蔚州？"

公孙策道："皇上下旨，要包大人去三关视察边境的事务。"

展昭顿足道："糟了呢。"

公孙策忙问："展护卫，何事糟了？"

白玉堂道："辽军已经在三关集结，他们已经通过通商贸易，让内奸把新制的火药运到了三关。"

公孙策大惊失色:"这……玉堂呀,你说的可是真的?皇上也去了三关呀!"

白玉堂点头:"公孙先生,事情紧急,千钧一发。"

公孙策叹气:"这可如何应对?"

展昭道:"公孙先生,现在开封府还有多少捕快?"

公孙策道:"共有九十几名捕快。"

展昭道:"调六十名精壮捕快,随我们去三关。"

白玉堂皱眉道:"这六十名捕快远远不够使用呢,公孙先生,能否假借包大人飞鸽传书之名,你模仿包大人笔迹,修书一封,去大理寺借调三百禁军。"

公孙策点头:"我跟随包大人多年,他的笔墨,我熟悉得很了,尚能乱真一二。"

展昭点头:"快些。"

公孙策犹豫道:"只是,此事……若被包大人追究责任,怕是……"

| 人艰不拆!

白玉堂皱眉叹道:"公孙先生呀,此事关乎三关安危。若论责任,包大人怕是更大了呢。以公孙先生之精明,总要知道大行不顾细之论呢。"

公孙策恍然大悟:"玉堂呀,我果然是迂腐了呢。我这就代包大人捉刀。"

| 不明觉厉!

陆壹

恒山余脉大南山，山色雄伟。

时有诗人曰：

曲径梦南山，神力怯登攀。林青不知绿，心气壮烈间。

> 有后人杨朔曾写过《望南山》。读者可考证。

大南山乃辽军屯兵之处。

大南山下，蔚州城外，宋辽军事边境线上，已经焕然一新。过去是空旷寒冷、杀气暴涨之地，此时竟然是一片繁华热闹、欣欣向荣之气象，宋辽两国的商贾蜂拥而来，摩肩接踵云集于此。是呢，有钱赚的地方，就是世间最聚人气的地方呀！

白玉堂与展昭化装成药材商人，与十几个捕快，出一箭岭，过飞狐岭，经大南山，一路快马而来。路途景色不及看，蔚州城墙已经撞了满眼。

蔚州城外，已经热闹非常，辽国已有了不少商贾上市，旧日的边境线上，熙熙攘攘的赶市的人流，绵延了数十里。

白玉堂皱眉看去，不觉轻轻一叹。

展昭疑道："玉堂，你看出什么了？"

白玉堂问道："展兄，那些失踪的火药，若都用在这里，其威力有多大呢？"

展昭皱眉道："依我计算，整个蔚州城便要炸得稀烂。"

白玉堂听后点头："让人惕然心惊啊。"

展昭叹道："果然毒辣！"

白玉堂苦笑摇头："展兄呀，我只是想，我们眼前这一切，如果不是阴谋，应该是多么美好的一件事呀。"

展昭点头："说的是，只是落花有意，流水无情啊。再用句青楼的话：妾心如水，良人不来呀！可叹圣上一片仁慈之心了。"

蔚州城外，已经热闹非常了。宋辽两国在此举办集市贸易，消息早已传开。

两国的商贾，都在这里摆放摊位。

一个瞎子在乞讨。

白玉堂走过去，展昭给了这乞丐几文钱。

白玉堂却拔出刀来。

展昭正要说话，那瞎子已中了白玉堂一刀，扑倒在地。

展昭疑惑："玉堂，这是为何……"展昭猛地不再说了，他看到那乞丐伸开的手中已露出了暗器。

展昭叹道："玉堂，果然是防人之心不可无啊。"

白玉堂冷笑："展兄呀，试想呢，这边关之地，即使丐帮至此，也需要些时日呀。这边关开放刚刚几日，如何有这等凶残的乞丐？"

白玉堂呵呵笑了，笑罢，转身去看街中，他皱眉道："展兄，或是皇上来了？"

展昭惊讶了一下："皇上？"

"是的，咱们去衙门看看？"

展昭不知就里，脑袋蒙蒙地跟着白玉堂去了蔚州衙门。

衙门前，戒备森严。

白玉堂看看展昭，疑道："包大人如何这般戒备？"

展昭四下打量，皱眉道："玉堂呀，似乎不是包大人在这里呢。"

白玉堂点头："我看出了，这些军士不似一般的军士。他们虽然是地方的装束，但是精神面貌却不像。"

二人前行了几步，便有一个军校迎上来，拱手道："二位止步。"

展昭皱眉："我们来见包大人。"

军校点头："卑职知道，但是二位仍要止步。"

白玉堂问："为何？"

军校道："包大人有事，且容我去呈报。"

军校转身走了。

展昭道："玉堂呀，如此说，皇上果然到了这里？"

白玉堂笑道："且看包大人是如何安排的。"

二人正在说话，就看到包拯远远地走过来了。

二人急忙迎上前去。

包拯皱眉问道："你二人如何到这里了？"

白玉堂笑道："大人呀，我二人的先遣，想必公孙先生的飞鸽传书已经告知大人了吧。"

包拯一怔，便笑了："白玉堂，你果然是精明呢。"

白玉堂摇头苦笑："大人说什么，你真要急死这一干下属呢。"

陆 贰

蔚州城内今天是个喜庆日子。

宋辽两国的边境贸易就要揭幕，仁宗皇上将要在这里观看歌舞。

蔚州府衙门前的空场上，早已搭好一个五彩缤纷的戏台，台后边浓妆艳抹的戏子们即要华丽登场。

但听一片欢笑之声肃静下来，接着是一片山呼万岁之声，众人的目光去看，便看到仁宗皇上从衙门里信步走出，包拯几个大臣陪伴左右。

歌舞尚未开幕，观众席上突然站起一个人，大声说道："诸位，切莫再嘈杂。"

此人声音底气十足，众人听得如雷贯耳。

众人转身去看，竟然是区少安。

但见区少安手一挥，竟然有一队士兵跑过来，将戏台团团围了。

众人登时惊愕，区少安却哈哈大笑。

众人大惊。仁宗皇帝浑然不解，皱眉问道："区爱卿，你这是何意？"

仁宗皇帝身旁的包拯淡然笑道："皇上，他不是区少安。"

仁宗皇帝颔首笑道："我适才得知，他的确不是区少安。但尚不知道他到底是什么身份。"

包拯冷冷地笑了："他是辽国卧底耶律晶。"

区少安听罢，仰头笑了："包大人明白得稍稍晚了，我就是耶律晶。"

仁宗皇帝笑了："真是想不到呢，你来中原卧底多年，甚是辛苦了。"

耶律晶笑道："你们更不会想到，宋朝的君臣，竟会在这里被我一网打尽了。真是得来全不费工夫呢。"

耶律晶看了看仁宗及包拯一干宋国的大臣。

他挥了挥手："都绑了！"

耶律晶身后立时站起一群身着劲装的大汉，持刀走上前来。

"且慢！"随着一声沉闷的喊声，人群中缓缓站出来一个人。

耶律晶转身去看，登时愕然。

耶律晶看到了白玉堂。白玉堂身旁站出来卢方、展昭几个人。

白玉堂分开人群，笑呵呵地走过来，卢方、展昭也跟了过来。

白玉堂拱手道："耶律晶将军，久违了。"

耶律晶看着白玉堂，有些呆了。

白玉堂看了看耶律晶："你就是辽国三太子。"

卢方疑道："五弟，他……"

白玉堂道："他就是'野驴'。"

卢方疑道："他是'野驴'？"

范月婷缓缓走上前，看着耶律晶，皱眉问白玉堂："师兄，他就是'野驴'？"

卢方奇怪道："他如何是'野驴'呢？"

白玉堂笑道："今年春起，区少安一行在范家庄商议诈降之事，他们在屋中谈话之时，当时师妹正巧端茶进来，听到了一句耶律晶。因为范姑娘听不清耶律的发音，于是误听为'野驴'，便将'野驴'是对手的消息飞鸽传书，通知了包大人。"

耶律晶点头笑道："的确是这样。"

卢方恍然大悟："原来如此。"

白玉堂道："你们料定，青龙会投降人员会被朝廷拆散，所以传出东京守备赵允勉是他们的天敌。皇上相信了，赵允勉便可以接收这些降军。至少，他们可以被赵允勉分配到自己的部队。"

耶律晶笑道："你分析得很对。不过你们分析得太晚了些。"

白玉堂讥讽地笑道："你们在阜阳先让车辆失踪，再让区化龙失踪，这些是你们事先策划好的。这些车辆是用来运输木炭的，而区化龙失踪，则是用来转移我们注意力，使我们在阜阳盘桓，使包大人对东京城的事情松懈，以至于赵允勉可以调动自己的部队。你们为什么这么做，是因为皇上要来阜阳，你们准备制造一起凶杀案。但是，你们失算了一招儿，或是天意，皇上不去阜阳了。"

耶律晶狂笑起来："所以，你们就认定，我们失算了？"

　　狂笑什么？表情包？

白玉堂摇头："我们当然不能认定你们失算了，因为，你们还有第二招。你们这次行动，应该说准备得相当充分。"

耶律晶皱眉："你认为我们的第二招是什么？"

白玉堂笑道："再则，你们已经知道了皇上今年要到淮阳视察。所以，你们必须要搞定林梦轩。于是，林梦轩果然被你们拉下水了。"

耶律晶点头："林梦轩本来就是我的人。"

白玉堂摇了摇头："天晓得，你们又失算了，你们必须来杭州。"

耶律晶问："为什么？"

白玉堂讥讽地笑了："你们没有想到，皇上也来到了杭州。你们仓皇之间，想在杭州动手。而这个时候，你们遇到了两个问题。"

耶律晶皱眉问道："什么问题？"

白玉堂道："第一个问题，你们准备了所有行刺的准备，但是，你们没有想到，皇上没有来。你们的消息失误了。第二个问题，你们自认为区长河没有暴露，但是他已经暴露了。"

耶律晶苦笑道："其实还有第三个问题，我们没有想到的，你来了。"

白玉堂也淡然笑了："的确，我也不知道我会介入其中，本来我只是帮助调查一下薪炭局失窃案，却不想，进入了你们这一个阴谋之中。或是天意呢！"

耶律晶冷笑道："真是天意啊。你们君臣想不到，竟然在蔚州城内被我们一网打尽了。"

白玉堂笑道："耶律晶，你再仔细看看，这看台上的宋国君臣都是哪个？"

仁宗皇帝与包拯都扯去了假面，竟然是张龙、赵虎。

耶律晶看得呆住，陡然瘫坐在了看台上。

| 耶律晶玩得嗨！北京瘫？

忽听得连声的巨响，台上台下的人都愣住了。

耶律晶听得浑身一震，猛地站起，哈哈大笑起来："白玉堂，你还是失算了。就算你们查获了杭州的火药，但是这蔚州城还是被我们炸开了。八年之前，我们在涿州刺杀杨宗保，你们却胜算一筹，你们将青龙会几近赶尽杀绝。今天，你们要还掉这笔血债。就算是仁宗皇帝侥幸躲过，可是，蔚州城已经回到了我们手里。"

白玉堂也淡然说道："耶律晶，你笑得太早了些呀！"

耶律晶讥讽地说："白玉堂，你感觉不到你们的失败吗？"

白玉堂长叹一声："耶律晶，你再仔细听听。"

耶律晶怔了一下，转身观看，街中听不到他预想的喊杀之声。他转过头来，疑惑地看着白玉堂："你们……"

白玉堂讥讽地笑道："你们特制的火药，已全部被起获。刚刚在城内的校兵场中，依次引爆了，就是为了引你们混进城中的奸细亮相。"

耶律晶彻底呆了。

白玉堂看着耶律晶，摇头叹道："耶律晶呀，你岂不知，罗网之鸟，悔不高飞；吞钩之鱼，恨不忍饥；人生误计，恨不三思；祸将及己，恨不忍之。恶人同会，祸必及身。"

　　耳菜弹幕：白玉堂能说这番话，至少大专水平。

耶律晶怔忡了片刻，皱眉点头："白玉堂，你的确是个精明人。或者说，你是我此生遇到的最精明的一个人。"

白玉堂摇头："三太子，白某并非聪明，或是说，阴谋有效，却毕竟有限。我行走江湖这些年，有一个经验，凡是以阴谋起家的，必不长久。你说呢？"

耶律晶听罢默然无语。

白玉堂笑道："三太子，你可随我到街中走走？"

白玉堂头前走了，几个捕快押着耶律晶到了街中，耶律晶登时目瞪口呆。

撞入他视野的，是一队队雄赳赳的宋军，押解着满脸沮丧的辽军便衣，在街中走过。

耶律晶长叹一声："一年有余的精心策划，难道就此告败？苍天在上，何薄于我？我……"说着，眼泪就急急地淌了下来。

白玉堂摇头叹道："这一件本来美好的事情，却被你们搞得不堪入目。三太子呀！"

耶律晶用怅然若失的目光看着白玉堂，摇头叹道："白玉堂，你或是我大辽命中的克星？"

白玉堂摇头："三太子，并非克星之说，人间总有对错，若你们的阴谋得逞，想过吗？会有多少人死于……"他不想再说，举手示意，几个捕快押走了耶律晶。

白玉堂望着耶律晶的背影，突然想到了在押的区长河，在逃的张鹏、区化龙。他抬头望着大南山，兀自低声叹道："陟彼高冈，析其柞薪。析其柞薪，其叶湑兮……"

秋风渐劲，肃杀的冬天就要到了。

陆叁

或是在一夜之间，宋辽两国都撤走了自家的商旅。

刚刚有了太平气象的大南山，重新恢复了肃杀的气氛。

包拯一行走出了蔚州城，包拯禁不住回头看了看依然戒备如故的蔚州城，再次感觉到了宋辽两国对峙的肃杀的战争气氛。他轻轻摇了摇头。

一旁的公孙策似乎看出了包拯压抑的心绪，低声叹道："何时熄战火，百姓乐田园？"

包拯点头叹道："公孙先生说的是呀。何草不黄？何日不行？何人不将？经营四方。何草不玄？何人不矜？哀我征夫，独为匪民……"包拯说不下去了。

众人一时无语。

包拯突然想起什么，左右去看，皱眉问："白玉堂呢？"

众人左右去看，果然没有了白玉堂的踪影。

公孙策道："大人，白玉堂……"

包拯摆手笑了："罢了，他或是在路上呢。"

后 记

事隔千年，蔚州城早已物非人非。

某年春天，谈歌去蔚州旅游。蔚州诗人杨林中（网名浪子）与谈歌有师生之谊，谈歌到蔚州，自然要去看他。

杨林中陪谈歌又去了大南山游玩，走出蔚州城向北五里，春风骀荡之际，但见大南山仍然矗立。

杨林中告诉谈歌，大南山即是宋辽交兵的古战场。

谈歌驻步遐想，或是白玉堂当年在此频频出入？

白玉堂当年匆匆行进的山道，可否长满了荒草？

图书在版编目（CIP）数据

血弥途 / 谈歌著；-- 北京：作家出版社，2024.
8. --（麻辣白玉堂系列）. -- ISBN 978-7-5212-2980
-6

Ⅰ. I247.5

中国国家版本馆 CIP 数据核字第 2024FC2151 号

血弥途

作　　者：谈　歌
责任编辑：史佳丽
版式设计：孙惟静
封面设计：末末美书
出版发行：作家出版社有限公司
社　　址：北京农展馆南里 10 号　　　　邮　　编：100125
电话传真：86-10-65067186（发行中心及邮购部）
　　　　　86-10-65004079（总编室）
E-mail:zuojia @ zuojia.net.cn
http://www.zuojiachubanshe.com
印　　刷：中煤（北京）印务有限公司
成品尺寸：142×210
字　　数：161 千
印　　张：7.625
版　　次：2024 年 8 月第 1 版
印　　次：2024 年 8 月第 1 次印刷
ISBN 978-7-5212-2980-6
定　　价：42.00 元